少年读中国史

· 4 ·

三国 天下的分与合

果麦 编

北方联合出版传媒(集团)股份有限公司
万卷出版有限责任公司

果麦文化 出品

东汉中后期，外戚、宦官交替把持朝政，政治腐败，民不聊生，最终爆发了"黄巾起义"。此后在镇压起义和讨伐董卓的战争中，地方豪强纷纷崛起，形成军阀割据的混乱局面。

"挟天子以令诸侯"的曹操，于官渡之战击败袁绍，统一了北方。他挥兵南下，欲统一全国，却在赤壁之战中败于孙刘联军之手，天下形成三分之势。其后，曹丕代汉建魏，刘备、孙权称帝建国。曹魏、蜀汉、孙吴三国鼎立，纵横捭阖，涌现了众多英雄人物，他们的传说与故事至今仍脍炙人口。

然而中原的强盛使吴、蜀的割据难以持久，它们在战火中走向灭亡。魏国的政权则被司马懿的子孙篡夺。历史的车轮朝着人们始料未及的方向前进，进入短暂统一的西晋。

目 录

第一章 汉末乱象   001
1. 黄巾大起义   002
2. 董卓之乱   007
3. 初露头角的曹操   013
4. 志在天下   019

第二章 从官渡到赤壁   029
1. 官渡之战   030
2. 白手起家的刘备   036
3. 孙氏父子经营江东   043
4. 赤壁大战   050

第三章 天下三分   059
1. 三足鼎立   060
2. 关羽失荆州   066

3. 三国恩怨 074
4. 诸葛亮治蜀 082

第四章　三家归晋 092
1. 吴蜀走向衰落 093
2. 老谋深算的司马懿 097
3. 司马父子夺天下 104
4. 三国的终结 109

第五章　三国时期的文化 118
1. 建安风骨 119
2. 名士风度 124
3. 医道与科学 129

大事年表 135

第一章

汉末乱象

1. 黄巾大起义

轮番作乱的外戚与宦官

东汉后期，外戚与宦官成为朝廷上两大对立的势力集团。双方互相倾轧、钩心斗角，交替掌握朝廷大权。

外戚是皇帝的母族和妻族，通过本家族与太后、皇后的关系控制朝政。东汉中后期，皇帝多是幼年即位，皇太后便常常依靠自己的父兄处理朝廷事务，让他们担任重要官职，把持军政大权。在东汉的外戚中，最著名的人物是梁冀。他有两个妹妹，一个是汉顺帝的皇后，一个是汉桓帝的皇后。凭借这一身份，他专权近二十年，任人唯亲，骄横跋扈，平日横征暴敛，可谓无恶不作。

为了方便游玩，梁冀侵占京师洛阳周围方圆近千里的土地，修成林苑供自己享乐。他喜欢兔子，干脆又修了一座连绵数十里的"菟（tú）苑"。梁冀不仅从地方征调民力，花费数年时间在苑内修建精美的亭台楼阁，还给地方下发文告搜罗兔子。他命人将这些兔子做上记号，放养在苑中，规定凡伤害兔子者均处以死刑。有一次，一位西域商人来到洛阳，误杀了苑中的一只兔子，十余人惨遭杀害。不仅如此，梁冀还派手下到处敲诈勒索，聚敛财宝，强迫数千贫苦农民做奴婢。他手握朝政大权，凡是想升迁的官吏，都得先向他行贿。这些官吏上任后，又会反过来疯狂盘剥百姓，人民的生活日益困难。

汉桓帝不甘心坐视梁冀专权，手中又缺乏可依靠的势力，只好与同样对梁冀心怀不满的宦官合谋，最终设法将梁冀诛杀。梁冀死后，没收上来的财产竟多达三十多亿钱，相当于东汉朝廷当时全年总收入的一半。可是，死了一个富可敌国的外戚，宦官们又成了新的祸乱之源。因帮助汉桓帝诛灭梁氏外戚集团有功，单超、徐璜、具瑗（yuàn）、左悺（guàn）、唐衡五名宦官在同一天被封侯，世人称之为"五侯"。汉桓帝在消灭梁冀集团后，开始纵欲享乐，不问朝政，成了十足的昏君。于是，得势的宦官们四处强占百姓田地，收养子，抢美女，把自己的兄弟、亲戚安插在各郡充任长官，其贪婪暴虐程度，同外戚相比可谓有过之而无不及。

这引起了士大夫的严重不满，东汉最高学府太学中的年轻学子也加入进来，共同反对宦官。双方之间的冲突不断激化，一些不畏强权的士大夫，开始打击不法的宦官集团。宦官们也不肯示弱，为了反击，他们先后在桓帝、灵帝时期两次以"党人"的罪名逮捕打击士人，这就是历史上著名的"党锢之祸"。士人虽被残酷镇压，但赢得了时人和后人的同情和支持。然而，也正是这场争斗伤及了汉朝统治的根本，使得东汉政局走向了衰败混乱的绝境。

"苍天已死，黄天当立"

外戚与宦官专权之下，各级官吏贪污腐败，加上水旱灾害频繁发生，百姓四处流亡，生活困苦不堪，多地爆发农民起义。这个时候，巨鹿人张角借助自己的医术，在一些灾情严重的地区为贫苦百姓治病，得到了很多人的拥护。趁着这个机会，他创立太平道，宣传平等互爱的思想，以传道治病为掩护，笼络人心，招揽信徒。

张角在贫苦的农民中获得了很大威望，信徒人数也迅速增长，遍布天下十三个州中的八个。经过十几年间的秘密传教和筹备，时机终于成熟，张角便决定在184年三月五日发动起义，想要推翻汉朝的统治。

可就在原定起义之日前，张角的一名门徒向官府告密，供出了他们的计划。官兵开始大肆捕杀太平道信徒，上千人受到株连被杀。事出突然，张角被迫把起义时间提前到二月。起义者人人头裹黄巾，所以被称为"黄巾军"。他们喊出了"苍天已死，黄天当立"的口号——"苍天"指东汉朝廷，"黄天"指的就是黄巾军。张角自称"天公将军"，他的两个兄弟张宝和张梁分别称"地公将军"和"人公将军"，在他们的率领下，黄巾军势如破竹，战事蔓延到全国七州二十八郡。黄巾军焚烧官府，杀死官吏，将他们的财产分给百姓，得到了更多支持，起义势头之猛烈震动了当时正忙于内斗的东汉朝廷。

汉灵帝感受到太平道的威胁，慌忙派大将军何进镇守京师洛阳，又发精兵镇压各地起义。起初，黄巾军尚能支撑，但是由于他们缺乏作战经验，力量分散，加上张角中途病逝，各路黄巾军在朱儁（jùn）、皇甫嵩、曹操等豪强势力的夹击之下被各个击破，起义仅仅维持了

动摇东汉王朝统治根基的黄巾起义

九个月就失败了。

  黄巾起义是中国历史上第一次有组织、有准备的农民起义。它虽然失败了,但沉重地打击了东汉王朝的统治,改变了当时的天下格局,乃至后来的历史走势。以镇压黄巾起义为由,一些有野心的将领、官员发展自己的武装势力,开始割据地方,不听朝廷号令。这为东汉末年的群雄混战拉开了序幕,也成为后来三国分立的远因。

2. 董卓之乱

外戚与宦官一齐覆灭

  黄巾起义被镇压后,东汉朝廷面临的危机并没有结束。一方面,地主豪强武装迅速发展,成为地方割据势力;另一方面,宦官与外戚的斗争也变得更加激烈。

  汉桓帝的继任者汉灵帝登基后,何皇后的哥哥何进成了外戚势力新的代表人物。黄巾起义时,何进任大将军,领兵守卫都城洛阳,手握强大兵力。黄巾起义被镇压后，地方州牧、郡守也拥兵自重，不再听从朝廷号令。多方威胁之下，汉灵帝为了挽救危机，拱卫朝廷，在洛阳西园组建了一支自己的心腹部队，号称"西园新军"。新军设置八名校尉，通晓军事的大宦官蹇（jiǎn）硕成为首领，统率其他七名校尉。以蹇硕为首的宦官集团和以何进为首的外戚集团明争暗斗，双方势同水火。

189年，灵帝去世。何进立自己的外甥刘辩为帝，史称"汉少帝"。何太后临朝听政，何进则以大将军的身份兼任尚书令，控制了朝政。他想依靠出身公卿世家的袁绍、袁术兄弟，共同谋划捕杀宦官。蹇硕感觉到了危险，立即写信给宦官赵忠、宋典，要他们先下手为强。谁知宦官中有个叫郭胜的，他与何家一向亲近，在得知此事后便向何太后告了密。于是何进先发制人，杀了蹇硕。

之后，袁绍劝说何进趁此机会将宦官集团斩尽杀绝，以绝后患。何太后却不同意，她说："宦官统领宫中事务，是我大汉的祖传制度，怎么能废除呢？"为了威逼何太后同意，何进在袁绍的建议下，私自征召手握重兵的并州牧董卓领兵入京。另一边，宦官们感到了危险，当然不会坐以待毙。张让、段珪等人谎称何太后要召见何进，手拿兵器埋伏在宫中。何进一进宫，张让便责问他道：

"天下大乱，难道仅仅是我们宦官的罪吗？我们曾经在先帝面前为你们何家求情，现在你居然要把我们赶尽杀绝，也太过分了吧！"说完便命人斩杀何进，对外宣称他是谋反伏法。

何进死了，他手下的兵将自然不会善罢甘休，集结起来向宦官势力发难。张让等宦官敌不过，只好劫持少帝和陈留王刘协，逃出了都城洛阳。而袁绍则以替何进报仇的名义，乘机带兵进宫大肆屠杀宦官。没有来得及逃走的宦官全部被杀，甚至有些没有胡须的人，也被错当成宦官杀掉了。

至此，左右东汉后期政局的宦官和外戚两大势力，就这样在混乱中一同灭亡了。可是东汉王朝的厄运到这里却并没有结束，后面还有更可怕的威胁急速而至——那就是手握重兵的军阀董卓。

董卓入洛阳

董卓受征召率军抵达洛阳，便得知朝廷动乱，少帝被张让劫持去了北邙山，连忙向那里赶去，救下了少帝和陈留王刘协，回到宫中。可是，立下救驾大功的董卓并不是挽救东汉王朝的福星，而是一匹被引入室内的恶狼，给洛阳带来了一场空前的劫难。

领兵进入洛阳后，董卓马上废掉少帝，改立陈留王刘协为皇帝，即汉献帝。他自己则担任相国，拥有种种特权，如朝见皇帝时不用按礼节小步快走，上殿时可以穿鞋、佩剑，权倾朝野。董卓是陇西临洮（今甘肃岷县）人，居住地与羌人相邻。他常年率领手下的凉州兵与羌人及边地叛军作战，实力不断壮大。凉州兵由羌人、匈奴人和汉人组成，由惯于抢夺财物的羌胡豪帅和汉族豪强带领，非常凶悍。他们进入洛阳城后，在董卓的默许纵容下劫掠富户、搜刮财物、奸淫妇女，全城都陷入了恐慌。

董卓本人更为残暴。有一次，他派军队到洛阳东南的阳城，把正在参加二月春社活动的男子全部砍头，掳走妇女和财物，谎称"大破贼军"。回到洛阳城后，他烧掉死人头颅，并将掳掠来的妇女赏赐给士兵作为婢妾。董卓的暴行引起了人们的强烈愤慨，在函谷关以东的关东地区，拥有武装力量的各州郡长官组成了联军，号召共同讨伐董卓。

由于担心关东联军和太原、河东（今山西临汾、运城一带）等地的黄巾军夹攻洛阳，董卓于190年挟持汉献帝和众朝臣迁都长安。临走之前将洛阳的宫殿、官府和二百里以内的房屋洗劫一空，并放火烧毁。洛阳是古都，有很多帝王陵墓，董卓竟命人挖掘帝王及公卿百官的陵墓，从中盗取珍宝，一起带走。不仅如此，董卓还强迫洛阳城内及周围的数百万百姓一同西迁。一路上，在士兵的鞭笞驱赶之下，加上车马践踏、饥病交迫，随行百姓死伤无数。

曾经繁华的都城就这样变成了血与火的人间地狱。

貌合神离的讨董联军

讨伐董卓的军队，是由朝廷的部分将领和州郡长官联合组建的，声势很是浩大。其中有后将军袁术、冀州牧韩馥（fù）、豫州刺史孔伷（zhòu）、兖州刺史刘岱、河内太守王匡、陈留太守张邈、东郡太守桥瑁、济北相鲍信等人，共同推举渤海太守袁绍为盟主。于是袁绍便自号车骑将军，并假借皇帝名义，授予联军将领们官职。当时仍在袁绍手下的曹操就被授为代理奋武将军。那时的曹操还只能屈居于实力强大的袁绍帐下，尚未建立属于自己的势力。

讨董的联军主要屯兵三处,其中酸枣(今河南延津)联军为兖州、豫州等路人马,河内(今河南沁阳)联军以冀州人马为主,鲁阳(今河南鲁山)联军为荆州人马。可是关东诸军打的虽然是解除国家危难、讨伐董卓的旗号,干的却是拥兵自重,乘机发展个人势力的勾当。他们名曰"盟军",实则各怀鬼胎。各路诸侯都为了保存实力而按兵不动,谁都不肯首先与董卓军队交战。只有曹操认为既然起兵讨董,就应有所行动,所以便率兵从酸枣(今河南延津北)出发,向西进击。

结果,曹操在荥阳遇上了董卓的大将徐荣。曹军因兵少不敌,曹操本人更是被流箭射中,他的坐骑也受了伤。情急之下,曹操的族弟曹洪把自己的坐骑让给曹操,说:"天下可以没有我曹洪,但不能没有您哪!"他步行随曹操到了汴水边,沿着河道找到一艘渡船,曹操这才得以逃脱。逃回酸枣后,曹操建议联军分兵讨伐董卓,可联军首领只把曹操拿命换来的这句话当成耳旁风。董卓西迁长安之后,不久联军就散伙,回各自的地盘发展势力了。

在整个反董卓联盟中,最有名望的人就是袁绍和他的弟弟袁术。兄弟二人出身于汝南袁氏，这是东汉后期权倾天下的官宦世家。从他们的高祖父算起，袁氏四世子孙之中竟有五人官至三公的高位。可袁氏兄弟非但不卖力领军讨伐董卓，反而忙于争夺土地和人口。袁绍首先用计夺取了韩馥的冀州，与幽州的公孙瓒（zàn）开战。袁术则占有南阳，接着又与新任荆州刺史刘表交恶。后来袁家两兄弟更是发生决裂，形成了中原混战的局面。

由于朝廷大权被董卓控制，自190年关东联军起兵讨伐董卓开始，各地诸侯无人管束，肆意开战，争斗不休。东汉王朝成了一个有名无实的空壳，弱肉强食的三国时期从此全面展开，进入群雄割据的混战阶段。

3. 初露头角的曹操

少年阿瞒

在东汉末年割据的武装集团中，曹操是实力比较强的一支。

曹操小名阿瞒，沛国谯（qiáo）县（今安徽亳州）人。

他的父亲曹嵩是大宦官曹腾的养子，正逢汉灵帝公开卖官，曹嵩便也想买个官来做。当时贪官崔烈花五百万钱买到了太尉一职，汉灵帝嫌卖得太便宜了，后来曹嵩花费一亿钱的巨款接任了太尉一职，落得天下人耻笑。加上曹嵩是宦官养子出身，当时出身名门的官僚士大夫便更看不起曹家。曹嵩的亲生父母是谁，史书上并没有明确记载，但有史料载他是夏侯氏的儿子、夏侯惇的叔叔。因此曹操与后来成为他手下武将的夏侯惇，其实是堂兄弟。

曹操很小的时候母亲就去世了，父亲曹嵩也忙着跑官要官，没时间管教儿子。因此没有受过系统教育的少年曹操不遵礼数，喜欢飞鹰走狗、射箭比武，还经常和一帮狐朋狗友外出打猎取乐。社会上一些有地位、有名望的士人很看不惯他的这些行为。

曹操的叔叔也看不惯这个侄子的做派，便经常在曹嵩面前说他的坏话，引起了曹操的不满。有一天，曹操在路上碰见了叔叔，故意歪着脖子、张大嘴巴，脸上的肌肉不停抽搐。叔叔见曹操这副模样，急忙跑去告诉曹嵩。曹嵩赶来看儿子，却见曹操一脸正常，什么事都没有，大惑不解地问道："你叔叔说你中了恶风，难道这么快就好了？"曹操故作委屈地说："我好端端的哪来的中风啊,可能是叔叔不喜欢我,在背后故意说我的坏话吧!"曹嵩相信了曹操的话,从此之后不管叔叔再说曹操什么,他都不再相信了。

执法严明的北部尉

曹操长大后,随着经历和见识的增长,逐渐有了改变当时天下混乱局面的志向。为了步入仕途,实现自己的政治抱负,他开始发奋学习,博览群书,尤其喜欢兵书,搜集了各家兵法。他天资聪颖,进步很快。

曹操还积极寻求与各地名士交往,但是由于他少时顽劣,学业上没什么建树,所以当时有很多人都不认为他有什么才能,只有梁国名士桥玄和南阳名士何颙(yóng)很赏识他。正是经过桥玄的介绍,曹操见到了以点评人物而闻名天下的大名士许劭。许劭虽然有些看不起曹操,但又认为他将来一定会干一番大事业,便给了曹操一句"治世之能臣,乱世之奸雄"的评语。得到许劭的品评后,曹操的名声很快就传扬开了。

二十岁时,曹操以孝廉的身份被举荐做了洛阳北部尉,负责都城洛阳及北部郊区的治安,从此开始步入仕途。洛阳在天子脚下,权贵很多,仗着权势违法犯罪的人也多,治理起来并不容易。北部尉虽然只是个小官,但曹操却干得很认真,执法非常严格。一上任,他就在衙门口左右两旁各悬挂十余根五色大棒,并放话出去:只要有人胆敢犯法,不论是普通百姓还是豪强权贵,一律用五色棒打死。当时大宦官蹇硕正受到汉灵帝的宠信,他的叔叔仗着侄子的权势,根本不把小小的北部尉放在眼里,违反规定夜间出行。曹操不畏权势,执法严明,用五色棒把蹇硕的叔叔打死了。这件事情之后,权贵们慑于曹操的威严,不再像从前那样横行不法,洛阳的治安状况大为好转。曹操因此有了一定的威望和名气,开始在政坛上崭露头角。

后来,曹操又做了济南国的国相,打击鱼肉百姓的地主豪强和贪官污吏,使当地的社会风气得到改观。初登政治舞台的曹操,表现出来的才干和勇气得到越来越多人的认可,名气也越来越大了。

立足黄河南岸

曹操作为一颗正在升起的政坛新星,很快又遇到了

曹操以五色棒立威

一个好机会。适逢汉灵帝在都城洛阳成立西园新军，并设置八校尉进行统领。曹操被任命为八校尉之一的典军校尉，从此开始掌握军权。

第二年，汉灵帝去世，朝廷政局彻底混乱，外戚何进与宦官势力一同覆灭。随后董卓进入洛阳，擅自废掉少帝、改立献帝，把持了朝政大权。曹操见董卓倒行逆施，不愿与他同流合污。《三国演义》为了表现曹操敢于反抗董卓的专权，讲述了一个曹操假借献七星宝刀，想要刺杀董卓但没有成功的故事。但故事是虚构的，曹操早就不齿董卓的为人，不惜抛弃自己的官职，在董卓入城前夕便改易姓名，逃出了洛阳。

离开洛阳后，曹操到了陈留，准备以此为基地起兵反抗董卓。陈留太守张邈是曹操的朋友，而陈留郡所属的兖州，其刺史刘岱也对董卓不满，因此他们允许曹操在这里招募军队，积蓄力量。曹家本来有一部分财产在兖州，曹操便以此作为训练军队的费用。陈留人卫兹觉得曹操是一个心怀大志的人，也拿出家财资助曹操。就这样，曹操很快便组织起了一支五千人的部队。等到关东地区各州郡联合起兵讨伐董卓时，曹操立即率军参加，成为讨伐董卓联军中的积极力量。

在讨伐董卓的战争后,身为盟主的袁绍先下手为强,在黄河以北发展自己的势力,凭借险要的大山和河流,获得了争夺天下的实力。曹操则听从济北相鲍信的建议,逐渐积累人才和兵力,笼络和重用有才能的士人,凭借一支以曹氏和夏侯氏子侄为骨干的精兵,逐渐在黄河南岸站稳了脚跟。

4. 志在天下

一场对话见高下

在关东联军讨伐董卓时,袁绍被推为盟主。当时袁绍的身份是渤海太守,但他不满足于做一个小小的太守,有着一统河北的志向。而曹操也有匡扶天下、重建统一的雄心。在讨伐董卓时,二人之间曾有过一番很有意思的对话。

袁绍问曹操:"假如咱们打不过董卓那老贼,你准备往哪儿跑哇?"

曹操没有正面回答,而是反问袁绍:"那您打算往哪儿跑呢？"

袁绍说："我向南占据黄河，向北阻断燕、代一带，收服沙漠地区的人马，再向南出兵争夺天下。这样应该可以成功吧？"

曹操却说："我要任用天下有才能的人，用道义引导他们，这样就能无往而不胜。"

这段关于争夺天下的战略对话，可以说是曹操与袁绍版的"隆中对"。从对话中可以看出，袁绍在刚开始起兵讨董时就为自己找好了退路，他看重的是地盘，打算先占据有地理优势的冀州地区，进而争夺天下。曹操想的却是道义，想要借助道义招揽天下人才，认为凭借人才和道义才能一统天下。

历史上凡是成就大事的人，都特别注重团结和统驭人才，依靠人才争夺天下。地盘可以失而复得，人才失去了，地盘迟早也保不住。汉高祖刘邦与西楚霸王项羽逐鹿天下时，就是凭着张良、韩信、萧何等人才，最终成功建立大汉王朝的。可见，曹操的战略眼光从一开始便高人一筹，袁绍的目光短浅也预示了他最终失败的结局。

求贤若渴

刚起兵时,曹操兵少将寡,也没有自己的地盘,因此不得不依附于袁绍。

191年,袁绍命曹操镇压东郡的黑山军,曹操便借此机会占领了东郡。袁绍任命曹操为东郡太守,曹操从此成为一郡长官,开始有了自己的一小块地盘。这一年,大名士荀彧(yù)投奔到了曹操帐下,令曹操如虎添翼。

荀彧是颍川郡颍阴县(今河南许昌)人。颍川荀氏是荀子的后代,当地的名门望族。荀彧年少时就显示出非凡的才华,被认为有"王佐之才"。董卓之乱后,荀彧率领宗族到冀州避难,先是投靠冀州牧韩馥,后来又投靠袁绍,被袁绍待为上宾。经过一段时间的观察,他发现袁绍有许多弱点,认为此人徒有虚名,难成大事,便投至曹操麾下。

两个人一番长谈之后,曹操认为荀彧谋略过人,是个不可多得的人才,高兴地对荀彧说:"你就是我的张子房啊!"曹操把荀彧比作汉高祖刘邦的重要谋士张良,足见对他的重视,后来荀彧也的确没有让曹操失望,成了帮助曹操统一北方的头号功臣。

第二年，青州黄巾军进攻兖州，兖州刺史刘岱战死。而曹操正准备以东郡为基地，扩充势力。从曹操任东郡太守时便追随他的谋士陈宫认为，如果曹操能够出任兖州牧，一定能够抵挡黄巾军的进攻，随后他说服兖州的官员迎接曹操到兖州担任州牧。就这样，曹操不费吹灰之力就由东郡太守摇身一变升任兖州牧，成为一方大员。

面对数量远超自身的数十万青州黄巾军，曹操用计设下埋伏，经过昼夜会战，终于击溃了敌军。获胜后的曹操并没有赶尽杀绝，而是向这支早已陷入补给困难的大军许诺，只要投降就能分到田地、过上安稳日子。于是，这些黄巾军接受了曹操的收编，曹操从中选出数万精锐，组成了一支战斗力非常强悍的"青州兵"。而没有编入军队的黄巾军以及他们的数十万家眷则就地拿起锄头，干回种地的老本行，为曹操供应军粮。

在此期间，于禁、典韦、乐进等猛将也纷纷率部投靠曹操。后来，曹操正是以兖州为根据地，带领这帮猛将和勇猛善战的青州兵东征西讨，一步步统一北方的。

击灭袁术和吕布

曹操刚代理兖州牧时，谋士毛玠（jiè）就建议曹操"奉天子以令不臣"。当时汉献帝虽然已经没有任何权威，名义上却还是大汉的皇帝，是最高权力的象征。这个时候，谁把皇帝抢到手，谁就掌握了发号施令的主动权。于是汉献帝便成了群雄眼中的香饽饽，各路人马围绕着他争来抢去，大动干戈。

当时袁绍已经占据冀、青、幽、并四州，拥有几十万军队，实力最强大。在是否迎接汉献帝这个问题上，由于手下谋士意见不一，袁绍一直没能做决定。而就在袁绍犹豫不决的时候，曹操在荀彧的建议下，果断地把汉献帝迎接到了许县，并改许县为许都，这里就此成为东汉王朝的末代都城。汉献帝投桃报李，任命曹操为大将军，曹操则借此总揽朝政，在政治上取得了"挟天子以令诸侯"的主动权。从此，他想要打谁，就可以说是奉皇帝之命。

在群雄逐鹿的兼并战争中，比较成气候的势力除了袁绍和曹操，还有勇猛过人、毫无信义的吕布，四处碰壁、不甘失败的刘备，以及割据淮南、野心勃勃的袁术等人。当初讨伐董卓时，袁术从部将孙坚手中夺得了传国玉玺，此后便自认天命所归，整日想着当皇帝，也一直在等待时机。当曹操迎汉献帝到许都后，急不可耐的袁术认为机会终于来了，便于第二年正月在寿春（今安徽寿县）正式称帝。

袁术为了对抗曹操，便说要与吕布结为儿女亲家，想以此拉拢吕布。吕布本已答应了这门亲事，而曹操为了避免吕布倒向袁术，让自己陷入不利，也开始向吕布示好。曹操以汉献帝的名义派使者送了一道诏书给吕布，称赞他杀董卓有功，封他为左将军，同时给吕布写了封私信，表示有意与他齐心协力为朝廷效力。吕布接到诏书后大喜，便拒绝了与袁术家的婚约。

吕布虽然以勇武闻名，号称"飞将"，却是个一贯不讲信义的人。他本来是丁原的部将，卖主求荣杀了丁原投靠董卓，后来又杀董卓依附王允，之后还投靠过袁绍、刘备等人。他因为这些毫无操守、屡次背信弃义的行为而被人讥讽为"三姓家奴"。

袁术对吕布的出尔反尔十分愤怒，于是派兵攻打吕布，双方火并之下两败俱伤。鹬蚌相争，渔翁得利，曹操则乘机向南攻打袁术，占领了淮南地区，又向东击败

"挟天子以令诸侯"的枭雄曹操

吕布，占领徐州，控制了黄河以南的大片区域，就此成为一支足以与黄河以北的袁绍相抗衡的强大势力。

读史点评

东汉中后期,皇帝多是幼年即位,而且除了献帝之外,寿命没有超过四十岁的,在位时间也都不长。年幼的皇帝只得依赖宦官或外戚的力量去执掌政权,可是不管哪一方当政,都会对老百姓进行疯狂的盘剥压榨。加上水旱灾害频发,人民困苦不堪,最终爆发了黄巾起义。黄巾起义虽然只持续了九个月,但波及范围大、影响广,沉重打击了东汉王朝的腐朽统治。

在镇压起义、讨伐董卓的战争中,地方豪强和官僚地主的武装势力进一步发展起来,冲破中央集权的外壳,割据一方,互相间展开了兼并战争,使黄河流域的经济受到严重破坏,出现了"白骨露于野,千里无鸡鸣"的凄凉景象。东汉王朝一步步走向崩溃,最终进入了动荡、混乱的三国时期。

思考题

在汉末群雄逐鹿的动荡局势中,曹操从被人看不起的宦官之后逐步脱颖而出,成为割据一方的重要势力,你认为这同他的哪些特点有关?

第二章

从官渡到赤壁

1. 官渡之战

打仗拼的是谋士

袁绍与曹操在起兵讨伐董卓时就是老相识了,两个人都有结束割据局面、一统天下的志向,但采用的战略不同:袁绍一心想着多占地盘,而曹操在自己的崛起之路上特别重视人才。

曹操招纳贤能之士,广求人才,身边逐渐形成了强大的智囊团。曹操任东郡太守时前来投奔的名士荀彧在颍川士人中很有影响,他先后推荐了钟繇(yáo)、荀攸、郭嘉等人加入曹操阵营。这些人都是当时的俊杰,后来在曹操兼并群雄、统一中原的事业中出谋划策,立下大功。

钟繇被曹操任命为荀彧的助手,后来成了曹魏的功臣元勋。他同时还是一位书法家,楷书的造诣尤其高,被后世尊为"楷书鼻祖"。荀彧的侄子荀攸被任命为军师，他为人周密而谨慎，擅长灵活多变的战术，曹操十分器重他，经常同他谈论军国大事。郭嘉本是荀彧的好友，经荀彧引荐而投奔曹操，在曹操身边担任军师，很快成为军事智囊团的核心人物，深受曹操的偏爱。后来郭嘉不幸英年早逝，令曹操悲痛不已。另外曹操还在讨伐张绣时得到了贾诩，在征伐袁术时得到了何夔（kuí），在与袁绍对决时得到了许攸，把敌方阵营的众多谋士收归麾下，不断壮大着自己的人才队伍。

反观家世显赫的袁绍，他号称"门生故吏遍天下"，手下谋士众多，且对他们其实也不错。但袁绍做事缺乏当机立断的勇气，又生性多疑，偏听偏信，好大喜功。许多谋士看出他难成大事，纷纷从他那里跑到曹操帐下效力，比如荀彧、郭嘉、许攸等人。而恰恰是这些人，在后来的官渡之战中帮助曹操以弱胜强、以少胜多，击败了袁绍，为曹操统一北方扫清了障碍。

可见显赫的家世固然重要，但要在乱世中真刀真枪地较量，光拼家世是不行的。要想成为最后的赢家，还得依靠人才和谋略。

白马延津之战

在曹操击败吕布、袁术、张绣的同时,袁绍也击败公孙瓒,占领了黄河以北的广大地区。袁绍占领的是重要的产粮区,兵多粮足,整体实力远在曹操之上。对于曹操动不动就打皇帝的旗号,实力雄厚的袁绍心里一直很不痛快。恰好这时,想要投奔袁绍的黑山军首领眭(suī)固被曹操杀死。袁绍大怒,于是决定整军南下,与曹操一决雌雄。

正在这时,此前一直蛰伏的刘备起兵反对曹操,曹操亲自率军东征刘备。袁绍手下的谋士田丰提议乘机出兵攻打许都,说:"这是个大好的机会!趁现在曹操的后方空虚,您只要调动全部兵力去袭击,一战就可以平定。"可袁绍推托说儿子生病,自己无心出战。田丰愤懑地说:"得到难遇的机会。却以婴儿之病痛失良机,太可惜了!"

一个月后,袁绍才公开向曹操宣战,率大军开进黎阳(今河南浚县东)。这时曹操已经击败了刘备,还俘虏了刘备的大将关羽。袁绍派大将颜良率军渡过黄河,直扑白马(今河南滑县东),企图夺取黄河南岸曹军的重要据点，以保障主力渡河。看到自己任命的东郡太守刘延在白马坚守城池，士兵死伤很多，曹操准备亲自带兵解白马之围。可谋士荀攸认为袁绍兵多，正面交手难以取胜，应设法分散敌方的兵力。于是他建议曹操声东击西，先引兵至延津，假装要渡过黄河攻击袁绍后方，使袁绍分兵向西，然后派出一队轻骑兵，迅速袭击进攻白马的袁军，攻其不备，一定能够击败颜良。曹操采纳了这一建议，佯攻延津，袁绍果然分兵增援。曹操见袁绍中计，立即率轻骑兵掉头向东，直奔白马。

曹操认为关羽是个不可多得的人才，对他加以厚待，一心想让他归顺自己。关羽虽然不肯归顺曹操，但对曹操的厚待也表示感谢，声明一旦有机会一定会报答。没想到机会很快就来了，在曹操回军迎击围攻白马的颜良时，关羽担任先锋。激战中的关羽远远看到颜良所乘战车的麾盖，便以迅雷不及掩耳的速度策马冲过去，在大军之中刺死颜良，斩下他的首级。袁军兵将眼看主将被杀，一个个惊慌失措，却无人能挡住关羽的勇猛冲杀，全军大乱并溃退。

袁绍围攻白马城失败，又失了一员大将，十分恼火，下令全军渡河追击曹军，两军相遇于延津。曹操把马匹、辎重丢在路上作为诱饵,引诱袁军四散抢夺,乘机再次击败袁军,并杀死了袁绍的大将文丑。接连损失颜良、文丑两员大将,袁军的士气受到很大打击。

而白马之战成就了关羽"百万军之中取上将首级"的威名,他借此报答曹操的恩遇,之后辞去曹操的封官、赏赐,回到刘备麾下。

火烧乌巢

在白马、延津两次战斗中,尽管曹操取得了局部的胜利,但仍未能改变袁强曹弱的形势。因此,他决定诱敌深入,撤退到官渡一线设防,伺机打击敌人。

袁绍军粮草丰足,曹操军却面临粮食短缺的困境。针对这种情况,谋士沮授建议袁绍采取旷日持久的战法以消耗曹操的实力。但袁绍却一心要洗雪白马、延津战败之耻,急于决战。他并没有听从沮授的建议,而是率军进逼官渡,就此揭开官渡之战的大幕。

面对着日益短缺的粮草和袁绍的强大攻势,曹操内心打起了退堂鼓,想退回许都。可谋士荀彧对他说:"此时谁先退后谁就会居于劣势,谁就是输家。现在袁军马上就要势竭力尽了,不久就会发生重大转变。这正是出奇制胜的良机,千万不可坐失。"荀彧的看法很有见地,曹操听从了他的建议,决心继续坚守,积极寻求和捕捉战机。

当时,谋士许攸建议袁绍借曹操大军在前线作战之机,派军偷袭他的老巢许都。许攸的建议相当高明,而这也是曹操最担心的一件事。不过这个建议被傲慢的袁绍拒绝了,惹得许攸很不高兴。恰巧在这个时候,许攸在邺城的族人犯了法,被抓起来投进了监狱。许攸得知后相当恼火,也害怕自己受牵连,当即在夜色的掩护下悄悄离开袁绍大营,投奔了曹操。

曹操听说许攸来投奔,高兴得连鞋子都没来得及穿,光着脚便跑出营帐迎接。对于袁绍的弱点,许攸可是一清二楚。在他的建议下,曹操夜袭乌巢,将袁绍储存在乌巢的粮草全部烧掉。得知粮草被焚毁的消息后,袁绍的大将张郃也率部投降曹操,一时间袁军人心惶惶。曹操乘机发动全面进攻,迅速消灭了袁军七八万人。袁绍见自己的大军已经崩溃,仓皇之下,仅仅带八百骑兵退回黄河以北。

经过一年多的对峙,官渡之战以曹操的全面胜利宣告结束。逃回邺城的袁绍因兵败积郁成疾，一年后发病而死。曹操乘机消灭了袁氏的势力，又向北征服了少数民族乌桓，基本统一了北方。

2. 白手起家的刘备

广交天下豪杰

曹操致力于统一北方的同时，依附于荆州刘表门下的刘备为了扩充实力，也在专心访求贤才。

刘备是涿郡涿县（今河北涿州）人，自称是西汉中山靖王刘胜的后代。中山靖王刘胜是汉景帝刘启的儿子，算起来刘备也是大汉皇族宗室。不过，由于离中山靖王的时代太过久远，刘备这个皇亲已经家道没落。他的祖父做过县令，父亲当过郡县小吏，去世又早，到刘备这一辈，孤儿寡母已经落魄到要靠编织草席、贩卖草鞋为生。

在亲戚的资助下，刘备十五岁时跟随当时的大儒卢植学习儒家经典，后来割据一方的公孙瓒就是他的同学。

少年刘备长得仪表堂堂，却没把精力用在读书上，四处结交豪侠朋友，和一帮人玩狗骑马。当地的不少青年人都聚拢在他身边，刘备因此也算是地方上的知名人物。

河北中山（今河北定州）商人张世平、苏双等携千金，贩马来到涿郡，看到刘备双手能摸到自己的膝盖，眼睛能看到自己的耳朵，觉得此人相貌甚异，将来一定能够干出一番大事业，于是给了他一大笔钱财。刘备便用这笔钱组织武装，并得到了河东解县（今山西永济）人关羽和老乡张飞的支持，开始发展自己的势力。刘、关、张三人从此成了一起打天下的伙伴，关系亲密得像亲兄弟一样，连睡觉都要睡在一张床上。在《三国演义》里，作者罗贯中更是为三人加了一出"桃园三结义"的好戏，让三人成了拜把子弟兄。

黄巾起义爆发后，刘备率军前去镇压，因军功被授予安喜县尉、高唐县令等官职。后来高唐县被起义军攻破，刘备便去投奔了自己的师兄公孙瓒，后者当时已经是北方举足轻重的一方诸侯。刘备在那里结识了公孙瓒的部将赵云，两人成为至交好友，后来赵云成为追随刘备的一员大将。

至此，刘备得到了打天下的基础班底，关羽、张飞、赵云这些人在后来也都成了一代名将。其中，关羽还被民间尊为"关公"，到清朝时被尊为"武圣"，成了与"文圣"孔子地位等同的人物。

煮酒论英雄

刘备投奔公孙瓒后，因为从曹操手中救援徐州有功，被徐州军民拥戴为徐州牧。多年来一直颠沛流离的刘备好不容易有了自己的地盘，可徐州牧的位子还没坐热，袁术就率大军攻来。刘备率军迎击，与袁术军相持时，后方又遭到吕布的偷袭。刘备难以应付，先是回兵途中被袁术击败，又被吕布夺走了栖身的地盘。狼狈落败的刘备只好前往许都投奔曹操，被曹操举荐为豫州牧，所以后来被称为"刘豫州"。

刘备是个有政治抱负、不甘寄人篱下的人，跟着曹操来到许都后，他总是闷闷不乐，时刻想着脱离困境，另图大业。此时的许都风诡云谲，一批忠于汉室的大臣正酝酿着推翻曹操的政变，还宣称得到了汉献帝用血写的讨曹诏书——这就是历史上著名的"衣带诏"事件，作为汉室宗亲的刘备也悄悄地参与其中。

对于刘备，曹操一直怀有戒心，因此，他常常派人到刘备的住处偷偷察看动静。为避免曹操怀疑，刘备闭门谢客，整日在家中后院种菜，伪装出一副对天下事漠不关心的样子。关羽、张飞对刘备天天浇水种菜感到不满，刘备解释说："我哪里是真的种菜呢？我这样做，是为了躲避曹操的耳目。"

有一次，曹操请刘备喝酒，纵论天下英雄。当刘备提到袁绍时，曹操说："现在天下的英雄，只有你和我，袁绍之类的人是算不上的。"刘备一听曹操只把自己和他说成英雄，又以为自己秘密参与"衣带诏"、反对曹操的事情败露，吓得筷子都掉在了地上。恰好当时天上打雷，刘备乘机说："这雷的威力可真厉害呀，吓得我筷子都掉地上了。"借以掩饰内心的恐慌。这件事让刘备感到非常害怕，认为许都不宜久留，打算找机会随时离开。

说来也巧，此后没过多久，袁术想向北逃窜与哥哥袁绍会合。刘备便乘机向曹操请求南下截击袁术，曹操一时没有细想，竟然同意了。于是，刘备连忙带着关羽、张飞，率领军队出发，生怕曹操反悔再生变故。

刘备率军刚离开许都，郭嘉等人就急忙对曹操说："刘备是天下英才，放走他必然要生出祸乱。"曹操听了之后很后悔，可已经是龙归大海、虎归山林，想追赶也来不及了。此后，刘备也的确成了一直与曹操作对，威胁他统一大业的劲敌。

三顾茅庐

离开许都后，刘备一路往南跑，先投奔袁绍，再投奔同为汉室宗亲的荆州牧刘表。刘表给了刘备一部分军队，让他驻扎在新野，看守荆州的北大门，抵挡曹操军队南下。

在荆州期间，刘备深刻地认识到，要想摆脱没有地盘、势单力孤的窘境，实现自己的雄心和抱负，首先必须取得荆州地方集团的支持，得到有智谋的人的辅佐。于是他十分注意访求人才，极力笼络他们为自己效力。而在荆州的才俊中，就隐藏着一位身怀治国安邦之才的高人——诸葛亮。

诸葛亮，字孔明。他本是琅琊郡阳都县（今山东沂南）人，由于父母去世得早，由叔父诸葛玄抚养长大。后来诸葛玄丢了豫章太守的职位，带领族人投奔荆州牧刘表。诸葛玄死后，诸葛亮就在襄阳西的隆中卧龙岗隐居，博览群书，静观天下之变。

为表达诚意，刘备冒着严寒，亲自到隆中向诸葛亮请教。不巧的是他一连去了两次都没有见到诸葛亮的真容，直到第三次拜访才终于如愿，得以相见。

见面后诸葛亮为刘备深入分析了当时的天下大势，向刘备提出了一整套切实可行的发展势力、实现统一的战略和策略。诸葛亮建议刘备消灭较为软弱的刘表、刘璋，占领荆州、益州作为根据地。对内改善同南方少数民族的关系，积蓄力量，对外联合江东的孙权，与曹、孙形成三足鼎立的局面。最后抓住有利时机，北伐曹操，实现统一。这一番精彩而高明的战略谋划，就是著名的"隆中对"。"隆中对"不仅显示了诸葛亮的远见卓识，更是成为此后数十年刘备和蜀汉政权的基本国策。

刘备听后大为赞赏，从中看到了自己光明而广阔的未来，便力邀诸葛亮出山相助，诸葛亮就此正式加入刘备集团。到后来刘备去世，诸葛亮在给刘备之子、后主刘禅的《出师表》中说："臣本布衣，躬耕于南阳，苟全性命于乱世，不求闻达于诸侯。先帝不以臣卑鄙，猥自枉屈，三顾臣于草庐之中，咨臣以当世之事，由是感激，遂许先帝以驱驰。"说的就是这段有名的"三顾茅庐"的

隆中对

故事。

诸葛亮以自己的才能得到刘备的器重,刘备有大事常常和他商量,关系也日渐亲密。关羽、张飞对此非常不高兴,刘备向他们解释道:"我有了孔明,就像鱼得到水一般,希望你们不要再说了。"关羽、张飞便不再抱怨。

刘备在荆州期间,在诸葛亮的帮助下大力扩充军队,争取荆州地方集团的支持,势力日益稳固。

3. 孙氏父子经营江东

将星崛起

在中国历史上,要成就大事的人,大多会给自己打造一个非同凡响的出身。吴郡富春(今浙江富阳)的孙坚号称是春秋末期著名兵法家孙武的后代,然而春秋末期距离汉末七百多年,实际情况早已难以考证。这位孙坚,正是三国时期吴国的奠基人。

孙家世代在吴地做官,孙坚年轻时曾任县吏和县丞。黄巾起义后，孙坚率领自己招募来的丁壮一千多人参与镇压起义军。由于作战有功，他被提升为别部司马，从此开始戎马生涯。东汉末年，农民起义此起彼伏，北方刚镇压了黄巾起义，南方长沙、零陵、桂阳三郡又爆发了新的起义。朝廷任命孙坚为长沙太守，前往征剿镇压。孙坚平定起义军后，被封为乌程侯。

关东联军讨伐董卓时，孙坚也起兵北上，一路上没遇到董卓的兵，倒是一连杀了两个太守。先是过荆州，杀死了荆州刺史王睿，之后到南阳，又杀掉了南阳太守张咨。孙坚一路上攻无不克，力量越来越强大。之后，他率兵继续北进，到鲁阳与袁术相见。孙坚一番慷慨陈词，表达誓要讨伐董卓逆贼的决心，感动之下，袁术决定和孙坚联手，表奏朝廷封他为破虏将军，兼领豫州刺史。在随后讨伐董卓的战斗中，勇猛的孙坚曾在阵前斩杀董卓的大将华雄。不过在《三国演义》里，这件事被张冠李戴安排在了关羽头上，就是著名的"温酒斩华雄"的故事。

董卓惧怕孙坚的勇武，派部将李傕（jué）前往劝说收买。孙坚义正词严地拒绝了高官厚禄的利诱，并下令向洛阳进军。董卓焚烧洛阳、裹挟汉献帝迁都长安后，孙坚率军攻入洛阳，驻军城南。据说一天早上，士兵们看到一口井的上方有五彩云气浮动，十分害怕，没人敢去打水。孙坚找了几个胆大的下到井内，捞出一枚古印，上面印着"受命于天，既寿永昌"八个字——原来这印就是当年秦始皇命李斯刻制的传国玉玺！

意外得到这件人人觊觎的宝物，孙坚在大喜之余，也清醒地意识到，若是被人知道私藏玉玺，会对自己不利，于是他不动声色，继续带兵与董卓军作战。在讨伐董卓的关东群雄中，孙坚军是唯一一支数次与董卓军队正面交锋且取得大胜的军队。在曹操兵败汴水、袁绍迟疑不进时，当酸枣联军瓦解、天下群雄驻足观望之际，只有孙坚孤军奋战，令藐视天下的董卓如芒在背、仓皇西窜。

后来袁术派孙坚征讨荆州的刘表，孙坚击败了刘表的部将黄祖。在围攻襄阳时，黄祖的部将躲避在竹林里发射暗箭，孙坚中箭身亡。一颗将星就此陨落，终年三十七岁。

"小霸王"孙策

孙坚死后,他的儿子孙策统领部众。正所谓"虎父无犬子",孙策不仅有其父勇猛善战之风,更是青出于蓝而胜于蓝。《三国演义》的作者罗贯中称孙策勇武犹如西楚霸王项羽,给了他一个"小霸王"的绰号。孙策少年时喜欢结交英雄豪杰,与后来指挥赤壁之战的周瑜结成生死之交。

为继承父亲未完成的事业,孙策一开始不得不依附于袁术。但袁术看不起他,并不委以重任。年轻的孙策壮志凌云,哪里甘心一直屈居于袁术之下?机会很快就到来了。194年,孙策借口帮袁术平定江东,率军东渡长江,从此摆脱了袁术的控制。

"江东"是地域名称,长江在自九江往南京一段为西南往东北走向,于是长江以东的地区被称为"江东"。当时江东有几股割据势力,包括扬州刺史刘繇、吴郡太守许贡、会稽太守王朗。孙策要想占据江东,就必须先击败这些人。

孙策那时虽然只有六七千兵马,战斗力却非常强悍。加上他个人魅力突出,说话风趣幽默,性格豁达开朗,又乐于接受意见、善于用人，所以将士们都尽心竭力。刘繇是孙策的第一个目标，他的军队哪里是"小霸王"的对手，两军刚一接战就溃不成军，结果孙策不仅赶跑了刘繇，还收服了他的大将太史慈。孙策到达江东后，军纪严明，秋毫无犯，所到之处百姓争相依附。他还发布命令：刘繇部下投降的，既往不咎；愿意从军的，免除家庭赋税徭役，不愿从军的也不强迫。这命令一发布，刘繇的许多部众都转投孙策麾下，他的声势日益壮大。

此后的两年，孙策率部势如破竹、所向披靡，先后击败吴郡太守许贡，降服会稽太守王朗，占据了扬州大部分地区。他手下的文臣有张昭、张纮（hóng）、秦松、陈端，武将有周瑜、朱治、程普等，可谓人才济济，军队人数也达到了三万多人。

这边孙策打下江东，实力不断壮大，那边老东家袁术却一门心思想当皇帝。孙策写信劝阻无果，只好与袁术决裂，并出兵向西攻打袁术任命的庐江太守刘勋，占据了庐江郡。之后又向东大败黄祖，攻取了豫章郡。

这时曹操正与袁绍在官渡对决，抽不出身对付孙策，只好顺势表奏汉献帝封孙策为讨逆将军、吴侯。孙策由此也走向了人生的巅峰。但令人想不到的是，在一次外出打猎时，孙策竟被原吴郡太守许贡的门客冷箭射中，重伤而死，时年二十六岁。作为东吴政权的两代奠基人，孙坚、孙策父子二人都以勇武著称于世，却都英年早逝，死于非命。

孙权的雄心

孙策死后，他年仅十八岁的弟弟孙权继承了父兄开创的事业。孙策临死前托付张昭、周瑜等人辅佐孙权，并嘱咐孙权说："率领江东兵众，决战两阵之间，横行争衡天下，你不如我；但举贤任能，使其各尽其心，以保江东，我不如你。"孙策相信弟弟孙权会是个合格的守成之主，一定能够守住父兄创下的基业。

当时的形势是，孙权虽然名为江东六郡之主，但统治并不稳固。手下有些人见孙权不过是个毛头小子，对他能否成就一番事业表示怀疑，还有一些人则在徘徊观望，想另投新主。另外，各郡豪杰并未和孙氏建立起相互信任的关系，江东的局势可以说是动荡不安。在张昭、周瑜的帮助下，孙权注意团结身边的文臣武将，成功安抚孙策的旧部，渐渐稳定了局势。

不仅如此，孙权还注意多方招揽人才，不论是江东本地人还是从北方过来的士大夫，只要愿意加盟孙氏集团，他都会根据个人能力对其加以重用。后来成为东吴著名战略家和外交家的鲁肃，就是经由周瑜推荐而来的，也正是鲁肃为孙权设计了鼎足江东、进而统一全国的战略规划。

鲁肃的规划分为三步：第一步是先巩固江东根据地，发展壮大实力，形成三分天下之势；第二步是夺取荆州，占据益州，控制江南半壁江山；第三步则根据天下形势变化，北伐曹操，实现统一大业，成就汉高祖刘邦那样的伟业。鲁肃的这个战略，与诸葛亮的"隆中对"有异曲同工之妙，可以说是江东版的"隆中对"。

孙权对鲁肃的见解非常钦佩，此后每遇大事，都让鲁肃参与谋划。按照鲁肃的建议，孙权分三次讨伐江夏太守黄祖，最终将其击败，吞并了江夏郡大部分地区。巩固江东的第一步至此走得十分顺利，而形成三分天下之势的机会也很快就要来了。

4. 赤壁大战

自负的曹操

曹操打败北方少数民族乌桓，扫清袁绍残余势力后，黄河以北再无对手。然而"老骥伏枥，志在千里"的他并不满足于已经取得的战绩，准备整军挥师南下，想一举消灭割据荆州的刘表和占据江东的孙权。

208年七月，曹操挥军南下。八月，荆州牧刘表病死，蔡瑁、张允等人拥立其次子刘琮（cóng）继任荆州牧。刘琮身边都是一些软弱无能、贪生怕死之人，个个都是投降派。听说曹操大军压境，马上就打开城门，举州投降。曹操本来就兵多将广，又收编了刘琮的部队，特别是蔡瑁统率的水军，实力更加强大，兵力也达到了二十多万。本来依附于刘表的刘备，只好带着自己的少量兵将，护送一批追随自己的百姓离开荆州。

不过，此时对于是否立即攻打孙权，曹军内部也有着不同主张。谋士贾诩委婉地劝阻曹操说："前几年您扫灭袁绍，如今又收取了荆州，可以说威名远扬，军势大盛，如果能在富饶的楚国旧地犒赏官吏和士兵，安抚百姓，让他们安居乐业，就可以不用兴师动众而让孙权主动归附。"

但此时的曹操，借着征服荆州的如虹气势，雄心勃勃地准备一举鲸吞江东以完成统一大业，贾诩的规劝又怎么能听得进去呢？曹操派人给孙权下了一封文辞简约、强势逼人的战书："最近，我奉皇上的命令讨伐有罪的叛逆之人，胆小如鼠的刘琮看到我的军旗就投降了。这次我调集了八十万水军，想到你们东吴，跟孙将军你一起打猎。"

孙刘结盟

曹操的这封战书字里行间充满了威胁和杀气，在东吴朝中引发了很大震动。曹操来势汹汹，是战是降？孙权手下群臣争论不休。

作为托孤重臣的张昭闻曹军而色变，主张投降。他对孙权说："曹操这个大恶人挟持天子以征讨四方，动不动就以朝廷的名义来发布命令。我们如果抗拒，就是违抗皇命，显得名不正言不顺。况且曹操已经占领荆州，又收服了刘表的水军，我们已经失去了赖以凭借的长江天堑。八十万曹军水陆并进,我们怎么能抵挡得了呢?不如迎接曹操,投降朝廷。"张昭被曹操的气势吓破了胆,把孙策临死前"保江东、观成败"的重托忘在脑后,这种投降论调也得到了不少人的赞同。

周瑜、鲁肃则坚决反对投降。鲁肃对孙权说:"像我这样的人,要是投降了曹操,还能混个一官半职。要是您投降了曹操,还会有安身立命之处吗?"这句话犹如醍醐灌顶,一下子警醒了孙权。

周瑜则条分缕析,指出了曹操的弱点:"冬天已经来临,曹军缺乏粮草,供应不足。另外曹军大多是北方人,习惯陆战而不擅水战,在南方水土不服。马超、韩遂尚在关西,随时可能在曹操的后方捣乱。曹军不过十五六万,加上刘表投降的七八万人,不过二十来万人,却号称八十万,显然是虚张声势。如果您给我三万精兵,我一定能够击败曹军。"

就在孙吴群臣争论不休时,诸葛亮受刘备委派,前来面见孙权,商谈孙刘联盟共同抗曹的计划。诸葛亮分析道:"曹军远道而来,长途奔袭,一路南下连续战斗,攻取襄阳、江陵,士兵们疲惫不堪。曹军就像强弩射出去的箭,到最后力量已经衰竭,连薄薄的绢都无法穿透。

荆州民众虽然降了曹操，但不过是形势所迫，并非出自真心。如果孙、刘两家结成联盟，同心协力，一定能够打败曹操，进而形成三足鼎立的局面。"

周瑜、鲁肃和诸葛亮的这些话，都抓住了曹军的弱点，也进一步坚定了孙权联合刘备、共同抗曹的决心。

周瑜火烧赤壁

正如诸葛亮、周瑜预判的那样，曹操的军队初到南方，因为水土不服，军队里发生了瘟疫，导致战斗力下降。而且北方士兵不习水性，受不了江上风浪的颠簸，晕船很厉害。

为解决这个问题，曹操下令将战船用铁链锁在一起，上面铺上木板。这样一来就减轻了船体的摇晃，人和马在船上行走如同平地。同时，曹操让部分将士到长江北岸上安营扎寨，以减轻身体不适。

已经进抵赤壁的孙刘联军也得到了曹军把战船连接在一起这一重要情报，周瑜的部将黄盖马上建议采取火攻的办法。曹军的战船全部被铁链锁在一起，一旦烧起来，火势必定迅速蔓延，将战船烧成灰烬，正可将曹军一举击败。

　　周瑜觉得黄盖的办法不错。为了执行火攻计划，获得接近曹营的机会，周瑜要黄盖诈降曹操。黄盖于是写了一封降书，派人送至曹营。在书信里，黄盖大肆吹捧曹操，说曹军势不可当，孙刘势单力薄，表明自己真心投降，并愿意做曹操的先锋，攻击孙刘联军。曹操收到信后大喜过望，深信不疑，并同送信人约定了接头时间和信号。

　　约定投降当日，黄盖带领大小战船几十艘，在船上装满干柴，干柴上又浇满油。船上插上约定的旗子，船身用帷布蒙得严严实实，以免曹军发现破绽。又在每艘大船后面拴上名为"走舸"的小艇，这种小艇机动灵活、便于攻击或撤退。在黄盖带领下，大船在前，走舸在后，向江北快速驶去。快接近曹军水寨时，黄盖命士兵举起火把，高声呼喊："黄盖来投降了！"曹军信以为真，士兵们纷纷走出船舱看热闹。

　　曹操看到黄盖来投降，非常得意，觉得击败孙刘联军指日可待。但他突然发现黄盖的船越接近水寨速度越快，方才觉得不对劲，不过想阻止已经来不及了。这时黄盖命令士兵将引火物点燃，大船带着熊熊烈火直冲进曹军水寨，黄盖和士兵们则迅速跳上走舸逃走了。

当时正刮着猛烈的东南风，而曹军的战船被铁链锁在一起，一时间根本来不及拆开。于是火借风势、风助火威，顷刻间曹军的战船全都烧了起来。一时浓烟滚滚，遮天蔽日，曹军水寨顿时淹没在一片火海之中。很快，烈火又蔓延至长江北岸的兵营。士兵们哪见过这阵势，顿时乱作一团，曹军人马烧死和淹死的不计其数。

孙刘联军在周瑜等人的率领下，趁势猛攻过来。曹兵多为陆军，本就不擅长水战，许多士兵又有病在身，加上突如其来的火攻，很快被孙刘联军杀得大败。在弥漫的烟火中，曹操带着残兵败将慌不择路，匆忙逃向江陵。他害怕赤壁一战失利会使后方政权不稳，于是留下曹仁、徐晃等镇守南郡，自己则立即赶回许都。

赤壁之战以孙刘联军的大胜告终，曹操则失去了在短时间内统一全国的可能性，三足鼎立的局面自此奠定。赤壁之战是中国历史上以少胜多的著名战例，无论是史书还是小说演义都对其大书特书。在《三国演义》中，这场大战更是留下了"蒋干盗书""草船借箭""周瑜打黄盖""诸葛亮借东风""关羽义释曹操"等脍炙人口的故事，但实际上这些都是作者精彩的文学想象，并不是史实。

周瑜用计火烧赤壁

读史点评

把赤壁之战中几个主要人物当时的年龄排列出来看看，是很有意思的：孙权二十七岁，诸葛亮二十八岁，周瑜三十四岁，鲁肃三十七岁，刘备四十八岁，曹操五十四岁。由此可见，赤壁之战不但是劣势的一方打败了优势的一方，而且还是年轻的将领打败了老将，主要是三十四岁的周瑜打败了五十四岁的曹操。

真实历史中，不存在蒋干两次过江、曹操两次被骗的事，蒋干"盗书"、庞统"献连环计"是《三国演义》作者的艺术虚构。历史上有蒋干劝周瑜投降曹操，并未成功的事，但那是在赤壁之战以后了。赤壁之战主要是周瑜指挥的，史籍中没有诸葛亮具体指挥战斗的记载，也没有《三国演义》中描写的诸葛亮"披发仗剑，登坛借风"的情节。尽管如此，诸葛亮在紧急时刻，较为准确地分析形势，促进了孙刘联盟的实现，这对扭转战局，打败曹操，取得赤壁之战的胜利，起到了重要作用。

思考题

官渡之战、赤壁之战,曹操一胜一败的原因是什么?

第三章

天下三分

1. 三足鼎立

刘备跨荆连益

赤壁之战后,曹、孙、刘三家瓜分了荆州。荆州这片地盘面积很大,地跨长江南北,处在三股势力版图的交界处,为兵家必争之地。对荆州的争夺,几乎构成了未来三家相争的一条主线。

赤壁之战以后不久,刘备便向荆州南部的武陵、长沙、桂阳、零陵四郡(均在今湖南境内)扩张势力。在刘备的军事压力下,原来曹操所置的武陵太守金旋、长沙太守韩玄、桂阳太守赵范、零陵太守刘度等全部投降。韩玄手下的大将黄忠、曹操手下大将雷绪也投归刘备,使刘备的兵力大增。

对于刘备势力的快速发展,孙吴集团深感不安;而刘备虽然在荆州站稳了脚跟,但由于荆州的中心地区南郡还控制在孙权手中，制约着刘备集团势力的发展，也不利于刘备向西图取益州。为此，刘备亲自到京口（今江苏镇江）面见孙权，请求把南郡划给自己控制。而孙权出于笼络刘备、让刘备顶在抗曹第一线的目的，也同意将南郡借给刘备。在《三国演义》中，作者把历史上刘备的"借南郡"演绎成了"借荆州"，而且诸葛亮还气死了周瑜，但这都是小说家的虚构，不是史实。

进取益州，是刘备、诸葛亮"隆中对"时定下的方针。占据荆州后，刘备便时刻等待着进攻益州的机会。在曹操退回北方后，曾扬言要进攻汉中的张鲁。汉中紧邻益州，益州牧刘璋听闻后非常害怕，于是接受部下建议，派人邀请刘备前来帮忙抵御曹操。

刘璋的邀请可谓正中刘备下怀。于是，刘备马上令诸葛亮、关羽留守荆州，自己则率军数万向益州进发。进入益州后，刘备假装率军北上抗曹，一路上却大肆收买人心。而此时，孙权受到曹操的攻击，向刘备求救。刘备一边做出回师荆州、救援孙权的样子，另一边却乘机率主力向成都进军，并急令诸葛亮火速率军西进支援。刘备一路势如破竹，很快就占领了绵竹、德阳、资阳、巴西、雒（luò）城等地，益州的首府成都成为一座孤城。

而此时，汉中的马超也加入了刘备集团。刘璋见大势已去，只好开城投降。

刘备占据益州后，加上此前占有的荆州大部，基本上实现了当年"隆中对"的第一个目标。

曹操占据关西

"关西"在哪儿？前面的"关东诸军讨伐董卓"中讲过，"关东"即函谷关以东地区，相应地，"关西"自然是函谷关以西。

曹操大军南征孙、刘，实际上有许多不利因素，其中之一就是马超、韩遂割据关西，后方并不稳定。曹操在赤壁吃了败仗，休养生息两年后，便开始谋划针对马超、韩遂的军事行动，准备一举收复关西，消除后顾之忧。

211年，曹操对外放出风去，说要攻打盘踞汉中的张鲁。攻击张鲁，关西地区是必经之地。马超、韩遂听闻后，担心曹操上演"假道灭虢（guó）"的故事，于是串联关西诸将，拼凑起十万人马的关西联军，向潼关集中。曹操大军则渡过渭水，两军在渭南形成对峙。

此时关西兵战斗力强悍，曹军也不是好惹的，双方相持不下。谋士贾诩建议曹操用"离间计",瓦解马超和韩遂的联盟。恰好这时,马超、韩遂派使者向曹操割地求和,曹操便假装同意。

韩遂代表关西联军与曹操会面。曹操与韩遂过去就认识,可以说是老朋友。两军阵前,二人马头相交,聊了很长时间,其实没有谈到军事,只是讲述在洛阳时的老朋友和往事,聊到高兴的时候还拍手欢笑,表现得很是亲热。这些马超都看在眼里。韩遂回去后,马超问两人都说了些什么,韩遂回答没说什么。于是马超便起了疑心,担心他与曹操私下联系。

过了几天,曹操又给韩遂写了一封信,信中故意多处涂改。信中大意是,你起兵反对我,是别人逼的,希望你早点加入我的阵营。马超看过这封信后,对韩遂更加疑心。

之后曹操突然借机发动进攻。由于怀疑韩遂暗通曹军,马超、韩遂的联盟出现了裂痕,二人不能齐心协力,结果大败,马超、韩遂向凉州逃去。在曹操部将张郃、夏侯渊的接连攻击下,马超、韩遂连凉州也丢了,彻底失去了根据地。韩遂在战斗中为部将所杀,马超则带着堂弟马岱投奔汉中的张鲁,后又投奔刘备,成为蜀汉的大将。

曹操前后用了不到四年时间,将关西割据势力一个一个地消灭了,并基本控制了凉州。

孙权、曹操争夺淮南

这里所说的"淮南"指的是淮河、长江之间的广大区域。

赤壁之战中曹操吃了大亏,在狼狈退回北方的同时,进一步加强了淮南地区核心城市合肥的防卫。而孙吴方面也加强了长江北岸的防守,并把都城从京口迁到了秣陵(今江苏南京),改秣陵为建业。同时,孙吴加强水军建设,在通往巢湖的濡须口修筑形似偃月的濡须坞,以控制从巢湖到长江的水道,既可以防备曹操南下跨过长江,又能以此为据点北上同曹操争夺淮南。

212年十月,曹操率军南下,号称四十万,进攻濡须口。孙权亲率大军迎战。双方你来我往,互有胜负,一时难以决出高低。

一天,孙权借着晨雾乘坐一艘大船接近曹军营寨,察看曹军部署。曹操下令弓弩齐发,不让敌船靠近。没过多久,孙权的船就因一侧中箭太多,船身倾斜,眼看就要翻船了。危急之中，孙权下令掉转船头，让另一面受箭，船身就这样慢慢平衡过来，孙权也得以从容返航。这便是著名的"草船借箭"故事的历史原型。不过在《三国演义》中，作者为凸显诸葛亮的聪慧，把这个故事算在了他的头上。

此后，孙权又数次前来挑战，想重演借箭的妙计。有一次，孙权乘轻船接近曹操的水军营寨。曹操手下的将领忍无可忍，准备攻击孙权。曹操则说："不要上当，这是孙权来打探我们的虚实。"命令军中严加防备，不得射箭。孙权率军巡视一番，在返程时还挑衅般奏起了军乐。曹操亲见孙权的水军军容整肃，进退自如，又想起刘表那两个不成器的儿子，不由得感叹："生儿子就要像孙权那样，刘表的儿子与孙权相比简直就像猪狗一样。"

魏、吴双方在濡须口相持一个多月，都没有取得什么战果。二三月间，雨水逐渐增多。孙权给曹操写信说："雨季已至，江水即将上涨。你要懂得形势变化，赶紧撤吧。"书信中孙权还附上一张小字条，上面写道："阁下不死，我不得安宁。"曹操拿着信对手下将领们说："孙权没有欺骗我呀。"便主动撤军。

这是双方第一次濡须口之战，以曹操撤军告终。后来魏、吴双方围绕着濡须口又进行了多次较量，魏军始终无法突破濡须口防线，而孙权也凭借着濡须口这道屏障，保障了江东的平安。

2. 关羽失荆州

水淹七军

三分天下之际，荆州的战略位置变得极为重要。无论荆州在谁手上，都会对另外两方产生极大的压力。正因如此，荆州才会成为曹、孙、刘三方争夺的焦点。

当初刘备曾从孙吴借得南郡，占据益州后孙权便派人索还。可到了嘴的肥肉，刘备岂会再吐出来？嘴上谈不拢，只能靠拳头说话。于是孙、刘两家各派军队，拉出架势，一场大战一触即发。刘备向西争夺益州时留手下大将关羽镇守荆州，此时东吴统帅周瑜已经死了，由鲁肃主持军政大事。鲁肃一向主张联刘抗曹，不愿孙、刘失和，便主动与关羽会谈。双方约定各自将兵马布置在百米之外，只有将军带单刀前来谈判。这就是历史上著名的"单刀赴会"。谈判中，鲁肃出于维护联盟的需要而退让一步，不再索要整个荆州，提出"只求三郡"，但关羽依然不同意。

后来曹操命夏侯渊、张郃进攻汉中，刘备害怕益州有失，只好顺坡下驴，同意了鲁肃"只求三郡"的方案，双方以湘水为界，平分荆州。湘水以东的江夏、长沙、桂阳归孙权，湘水以西的南郡、零陵、武陵归刘备。但孙权对这个方案显然并不满意，他想要的是整个荆州。

当时，荆州北部的襄阳、樊城仍然控制在曹操手中。襄阳、樊城隔汉水相对，互为掎角，是堵截南军北上的战略要地。曹操派曹仁镇守樊城，吕常驻守襄阳。

219年，刘备击败曹操占据汉中，声势正盛。当年七月，孙权准备攻打合肥，曹魏军大部调到淮南防备孙吴。据守荆州的关羽抓住战机由江陵北上，意图夺取襄阳、樊城。曹操闻讯，急忙派于禁、庞德领兵前往援助。曹仁让于禁、庞德在樊城以北结营驻扎。

时值盛夏，樊城当地一连下了十多天大雨，汉水暴涨，冲毁大堤，樊城被洪水包围。城外曹军营寨也被大水淹没，成为一片汪洋，于禁只好率手下七支部队去相对高的地方躲避。关羽则借着水势，率战船猛攻，于禁被迫率众投降。庞德等将领退到堤坝上，关羽派战船围攻，又朝堤坝放箭。最后庞德箭矢用尽，被关羽擒获，关羽劝降不成后将其斩杀。这便是历史上著名的"水淹七军"。可以说，关羽之所以能取得胜利，是幸运地得到了老天的帮助，而《三国演义》中关羽用计掘开堤坝、水淹曹军的故事，其实是虚构的情节。

此时的樊城城墙因水淹日久，多处崩塌，随时可能被关羽攻陷。城内守军虽然只有几千人，但曹仁深知樊城的重要性，一旦失守，北方再无险可守，关羽便可挥军北上，威胁许都，因此他率曹军奋勇抵御。关羽水军虽乘船猛攻，却也无法夺下樊城。

当时曹操任命的荆州刺史胡修、南乡太守傅方，都投降了关羽。许都以南地区也纷纷响应，一时间关羽的声势威震华夏。曹操甚至曾经考虑将都城迁到黄河以北，以躲避关羽的兵锋。

曹操与孙权的合谋

关羽生擒于禁，斩杀庞德，樊城眼看就要被攻破。曹操一面增派援军，一面想办法拆散孙、刘联盟，怂恿孙权从背后偷袭关羽。

襄阳、樊城是荆州位于江北的战略要地，一旦为关羽所占，刘备集团便可据有长江南北两岸的荆州地区，向北一马平川可攻许都，向东顺江而下可危及建业。关羽北上攻打襄阳、樊城，孙权表面上表示支持，并答应给予帮助，实则担心关羽得势后对自己不利，想趁关羽后方空虚夺取荆州。

孙权这样的矛盾心理，被曹操的谋士司马懿、蒋济完全掌握了。他们向曹操建议：刘、孙从外表看关系密切，实则不然，关羽得志，孙权必然不愿意；可以派人劝孙权进攻关羽的后方，并答应把江南封给他，这样樊城之围自然就解除了。

曹操一听，这可是瓦解孙、刘联盟的好计策，便派使者去见孙权。之前，孙权曾经为自己的儿子向关羽的女儿求婚却被关羽拒绝而大为不悦，再加上他担心关羽占领樊城、襄阳对自己不利，急着要夺回荆州，于是见到曹操使者后，很快就派人带着密信去见曹操。在信中孙权表示自己愿意称臣，并提出偷袭关羽后方、为朝廷效力的想法。但孙权又怕关羽有所防备，故而对曹操千叮咛万嘱咐，要他一定保守机密。

但曹操的目的就是要瓦解孙、刘联盟，巴不得双方斗个你死我活，好坐收渔利，怎么可能会替孙权保密呢？他表面上答应为孙权保密，暗中却将密信的内容用箭同时射给樊城城内的曹仁和城外的关羽。被困樊城的曹军得信后，斗志大振，士气倍增，坚定了守城的决心。城外的关羽得信后则犹豫不决：一方面疑心是曹操的离间之计，眼看就要攻下樊城了，不愿前功尽弃；另一方面又觉得孙权不可靠，担心他真的偷袭江陵。不久，孙权进攻江陵的消息传来，关羽不得不匆忙撤军去解救大本营江陵。

事情发展到这一步，已经形成了关羽攻曹操、孙权攻关羽、曹操坑孙权的连环套，并造成了关羽撤军、襄樊解围、孙刘联盟破裂的局面，而最后的赢家竟然是最初遭受攻击的曹操和孙权。

吕蒙白衣渡江

这时东吴统帅鲁肃已经去世，按照与曹操的密信约定，孙权派新任都督吕蒙偷袭荆州。

当时，关羽在沿江一带设有巡江岗哨。为了不被这些人发现，吕蒙让士兵都埋伏在船中，摇橹的士兵不穿甲胄，而是穿百姓的衣服，扮作商人，昼夜兼程，沿着长江向江陵疾驰。关羽布置的岗哨非但没有发觉，还都被收拾掉了。一直到兵临城下，江陵守军才有所发觉。

这就是历史上有名的吕蒙"白衣渡江"的故事。不过这里所谓的"白衣"，并不是让士兵穿上白色衣服的意思。毕竟，那么大规模的军事行动，士兵都穿上白色衣服就太扎眼了，很容易引起哨兵注意。在古代，官员士大夫穿的衣服以各种颜色的花纹加以装饰，称为"公服"。而普通老百姓没有资格穿带有各种颜色花纹的公服，所谓"白衣"，指的就是士兵换上老百姓的衣服。

关羽北伐襄樊时，留南郡太守糜芳镇守大本营江陵、将军傅士仁镇守公安，并命二人负责供应粮草。其间发生了粮草供应不上的情况，关羽非常生气，扬言回去后要严加惩治，糜芳、傅士仁为此感到十分害怕。这时二人见吴军突然来攻，未作抵抗便投降了。

得知南郡失守后，关羽立即向南回撤。曹军出于"鹬蚌相争，渔翁得利"的目的，并没有派军追击。回军途中，关羽多次派人到江陵打探情况。吕蒙则允许这些人在城中各处走动，并让关羽军队的亲属同前方将士写信报平安。关羽的士兵得知家人平安,生活上受到照顾,便失去斗志,无心再战,不少人逃回了江陵。

关羽自知孤立困穷,派人去上庸要刘封、孟达发兵救援,刘、孟以上庸刚被占据不久为由,拒绝支援。关羽只得带着残兵败卒向西退守麦城(今湖北当阳)。孙权一面派人诱降关羽,一面命潘璋、朱然截断关羽退路。关羽伪装投降,把旗帜做成人像立在城墙上,然后仅带着十几名骑兵突围,一路跑到南漳县的临沮,在那里中了潘璋部将马忠的埋伏,被擒后和长子关平一起被杀。

就这样孙权终于占据了荆州。曹操以汉献帝的名义任命他为荆州牧,并加官晋爵。作为回报,孙权也释放了原先俘虏的曹军将领,向曹操示好。而刘备则为了报关羽被杀、荆州被夺之仇,厉兵秣马,准备报复东吴。

至此,三足鼎立的局面正式形成。

吕蒙白衣渡江

3. 三国恩怨

东汉寿终正寝

220年正月，曹操病死在洛阳，终年六十六岁。

自196年迎汉献帝至许都，曹操"挟天子以令诸侯"长达二十四年之久。其间，他北灭袁绍、乌桓，占据黄河以北；西败马超、韩遂，占据关西；东征吕布、刘备，占领徐州；南征袁术、刘表、孙权，将势力发展到荆州和江淮地区。曹操一步步兼并群雄，还残酷镇压了车骑将军董承、伏皇后、少府耿纪、太医令吉本等拥护汉献帝的势力。

对于集团内部不顺从自己的人，曹操也进行了无情打压。著名谋臣荀彧就是因为对曹操晋爵魏公一事表达了不同意见，而被迫自杀了。曹操由魏公晋爵魏王后，中尉崔琰（yǎn）在给杨训的信中有"时乎时乎，会当有变时"的话，曹操认为这是在表达对自己的不满，于是赐死了崔琰。尚书仆射毛玠认为崔琰无辜，有人向曹操打了小报告，曹操便下令将毛玠逮捕入狱。

就这样，从丞相到魏公，再到魏王，曹操的地位越来越高，离皇帝终于只有一步之遥了。但他却不急于取代刘氏当皇帝，反而反复表明自己对汉室的忠心，并无"不逊之志"。

孙权袭杀关羽后给曹操上书，劝曹操取代汉朝称帝，自己甘愿称臣。曹操将孙权来书遍示群臣，说："孙权这小子是想把我放在炉子上烤哇。"曹操手下群臣也乘机劝曹操当皇帝，而曹操考虑到自己已经年老，身体又有病，没多少日子了，称帝之事还是留给自己的儿子去做更合适。于是他对群臣说："如果天命真的在我，我就当周文王吧。"意思是即使时机已经成熟，自己也不做皇帝了，而是要像周文王那样创造条件，让自己的儿子当皇帝。

不到一个月，曹操就病死了。同一年，继位魏王的曹丕逼汉献帝禅位，曹魏政权建立，东汉随之灭亡。

刘备猇（xiāo）亭大败

刘备大半生颠沛流离，赤壁之战后才据有了荆州三郡作为根据地，后来又击败刘璋占据益州，击败曹操占据汉中，并于219年自称"汉中王"。曹丕篡汉称帝后，刘备以继承汉统的名义,于221年四月在成都称帝,国号"汉",史称"蜀汉"。孙权虽然到229年才称帝,但他早在222年时就已不再听从曹魏的号令。

丢掉荆州,又失了大将关羽,这对刘备可谓一个重大的打击——不仅使原来准备兵分两路北取中原的计划破产,而且失掉了长江中游一个战略要地,况且这还是盟友偷袭所为。刘备又气又恼,称帝后不久就誓言东征孙权,为关羽报仇,夺回荆州。但东征孙权这件事,在蜀汉内部也有不同意见。赵云就建议先讨伐篡汉称帝的曹魏。但此时的刘备满心只有复仇的熊熊火焰,听不进任何不同意见。

再说孙权这边。为了避免两线作战,孙权一边向曹魏称臣,稳住曹丕;一边把都城迁至长江中游的武昌(今湖北鄂州)以扼守荆州,同时调兵遣将,任命陆逊为大都督,加强西线防务,做好防御准备。

221年七月,刘备亲率六万大军东征孙权,同时命镇守阆中的车骑将军张飞领兵到江州(今重庆)会合。张飞作战勇猛,但脾气火暴,动不动就鞭打手下,因此遭到记恨。就在张飞领兵出征前,他手下的将领张达、范强伺机将其谋杀,并带着张飞的人头投降了孙权。刘备听闻后更加震怒,继续领兵东进。

孙权见刘备来势汹汹,一边加紧部署防御,一边派使者求和,还让在吴国担任太守的诸葛亮之兄诸葛瑾写信,劝刘备罢兵。可刘备正在气头上,哪里肯停下大军东进的脚步。

吴军的统帅陆逊出身江东大族,三十六岁便接替吕蒙担任都督,在击败关羽一战中曾立下大功。陆逊虽然年轻,但沉着冷静,富有谋略。他认为刘备兵势强大,锐气正盛,求胜心切,吴军应暂时避开蜀军的锋芒,再伺机破敌。他果断地实施战略退却,将兵力集中在夷道、猇亭一线,再寻找机会同刘备的大军决战。就这样,吴军完全退出了高山峻岭地带,把兵力难以展开的数百里长的山地留给了蜀军。

蜀汉军队一路势如破竹,进展顺利,连续击败吴军,占领了巫县(今重庆巫山)、秭归、猇亭(今湖北省宜昌市猇亭区)。此时,蜀军已深入吴境五六百里,由于遭到吴军的坚决抵抗,其东进的势头也停顿下来,只得在猇亭建立大本营,并在巫峡、建平(今重庆巫山北)至夷陵一线数百里的狭长山道上设立了几十座营寨。

从正月到六月,蜀汉军队不断挑衅,企图引诱吴军

陆逊火烧连营，刘备惨败猇亭

出击并聚而歼之。陆逊则严令部将坚守不战,完全破坏了刘备倚恃优势兵力想速战速决的战略意图。旷日持久的对峙,加上六月正值酷暑时节,暑气逼人,热浪滚滚,涣散了蜀军将士的斗志;同时蜀军深入吴境,远离后方,道路崎岖,粮草运输愈加困难。

陆逊看到蜀军士气低落,锋芒已钝,认为战略反攻的时机已经成熟。当时正是炎夏季节,气候闷热,而蜀军的营寨都由木栅筑成,其周围又全是树林、茅草,最怕起火。陆逊便命令吴军士卒各持茅草一把,乘夜突袭蜀军营寨,顺风放火。顿时火势猛烈,蜀军大乱。陆逊乘势发起反攻,蜀军溃不成军,大部死伤和逃散,车、船和其他军用物资丧失殆尽。

刘备率残兵败将一路西逃,直逃到白帝城才安定下来,差一点被吴军俘虏。猇亭之败对刘备的打击实在太大了,不仅荆州没夺回来,而且损兵折将,令蜀汉元气大伤。刘备忧心忡忡、心力交瘁,加上过度劳累,至此一病不起。他自知时日不多,便将后事托付给诸葛亮,两年后病死于白帝城。

邓芝使吴

三国时期，曹魏占据北方和西北，那里地域广袤、人口众多，是当时的经济中心。孙吴则占有江南，生产力得到开发，又占据了荆州，实力不容小觑。蜀汉仅占有益州，地域狭小，实力最弱。

猇亭之败后，蜀汉军事力量大为削弱，内部也不稳定，一些豪强地主趁刘备死去起兵反叛。虽然孙刘两家已经互派使者讲和，但孙权已是曹魏敕封的吴王，对蜀汉并不友好，并且支持蜀汉内部的豪强叛乱。在这种情况下，诸葛亮认为若想稳定内部统治，进而北伐曹魏，就必须恢复和加强吴蜀联盟，于是派中郎将邓芝出使东吴。

当时孙权仍臣服于曹魏，为了避嫌就没有立即接见邓芝。邓芝则托人给孙权带话表明来意说："我这次出使，不仅为了蜀汉，也是为了东吴。"孙权不好推辞，便接见了邓芝。孙权倒是坦率，对邓芝说出了心里话："我诚然愿意与蜀和好，只是蜀君幼弱，国小力薄，一旦被魏击败，我也自身难保，所以才犹豫不定。"

邓芝是一个超凡的外交家，针对孙权的矛盾心理，他指明了两国恢复并加强联盟的重要性："蜀汉地势险要，吴国据有长江天险，两国若能够把各自的长处结合起来，唇齿相依，进则可以兼并天下，退则可以保持三足鼎立的形势，这是非常明显的道理。大王现在向魏称臣纳贡，魏必定要您入朝朝拜，最少也要求太子前往作为人质。若大王不遵从命令，曹魏就有理由讨伐您，蜀汉的兵马也会顺长江东进，如果这样的话，江南之地就没有你们孙氏什么事了。"

邓芝这番话分析得鞭辟入里，点破了孙权内心的疑虑。孙权听后沉思了很长时间才说："您讲得非常对呀！"于是决定与曹魏断绝关系，与蜀汉重新结为联盟，并派大臣张温作为使者回访蜀汉。

邓芝出使孙吴成功修复两国关系，他与孙权这段经典对话也被完整地记录在《三国志》里。后来，邓芝又多次出访东吴，为巩固吴蜀联盟做出贡献。吴蜀重新结为联盟，意义重大，不仅为诸葛亮解除了南征平叛的外部威胁，减轻了统一南中地区的阻力，而且为他以后北伐曹魏创造了有利条件。

4. 诸葛亮治蜀

以法明秩序

刘备死后，十七岁的太子刘禅（shàn）继位。他按照刘备的遗嘱，将国事托付给诸葛亮，任命他为丞相，尊称其为"相父"。

刘焉、刘璋父子割据益州期间，法令不严，地方派系逐渐坐大，豪强不服中央调令。蜀汉君臣多半是从外地而来，自然更容易受到地方豪强的阻挠。面对这种情况，诸葛亮认为应该采取切实措施厉行法治，加强中央集权，巩固统治。为此，他主持制定了《蜀科》等法律条令。

诸葛亮以法治蜀期间，十分注意贯彻赏罚严明的原则。他认为"赏不可以虚施，罚不可以妄加"，既主张严明法律，也反对滥用法律。他经常告诫主管法令的官员："不能冤枉好人，也不能放过坏人。"正因为诸葛亮赏罚分明、执法如山，所以即使是被诸葛亮惩处过的人，对他还是心服口服、毫无怨言，以至于当他去世后竟然痛不欲生。比如李严与廖立二人就是如此。

李严与诸葛亮同为刘备白帝城托孤的重臣,是地位仅次于诸葛亮的高级官员。诸葛亮北伐曹魏时,李严负责供应军需物资,在军粮供应不上时竟然假传圣旨要诸葛亮退兵。这种贻误军机、弄虚作假的行为极其恶劣,诸葛亮上书刘禅将他免官为民,流放到川北梓潼郡(今四川梓潼)。李严服罪之后,诸葛亮也没有搞株连家人那一套,而是让他的儿子李丰照常做官,并且官至朱提太守。长水校尉廖立,自命不凡,认为自己是诸葛亮第二,应该掌管朝政。他看不起当朝的文臣武将,指责诸葛亮的用人政策,散布流言蜚语,挑拨群臣不和。诸葛亮上表罢了他的官,流放到汶山郡(今四川汶川西南)。诸葛亮去世时李严悲痛万分,情急之下发病身亡。廖立则痛哭说:"我恐怕要老死在这边远地区了。"

诸葛亮以法治蜀还有一个特点,就是把"树立法律的威严"和"真心认罪从轻处罚"结合起来,类似现在的"坦白从宽,抗拒从严"。车骑将军刘琰犯了事,受到诸葛亮责备后认真反思,诚恳地向诸葛亮写信认错。诸葛亮见他真心悔改,便没有降他的官职,而是照常任用。江阳太守彭羕(yàng)背后骂刘备昏聩,还策动马超谋反。彭羕下狱后,写信给诸葛亮,在信中为自己评功摆好,对策动叛乱百般抵赖,还厚着脸皮请求从宽处理。诸葛亮见彭羕毫无悔改之意,就判了他死刑。

《三国志》的作者陈寿称赞诸葛亮治蜀:"只要做了善事,哪怕再小,没有不受到奖励的;只要做了坏事,哪怕再轻,没有不受到惩罚的。"由于诸葛亮赏罚严明,蜀汉政权工作效率大为提高,统治秩序逐渐稳定下来。

七擒孟获

蜀汉南部的牂(zāng)柯、越嶲(xī)、永昌、益州四郡,即今天的四川南部、云南大部、贵州西北部一带,在当时被称为"南中"。这里世代居住着少数民族,自汉代以来被统称为"西南夷"。

223年,益州郡大姓雍闿(kǎi)趁刘备白帝城病逝之际,举兵号召南中四郡反叛蜀汉,并拉拢孟获参与其中。孟获是当时南中地区的豪强大姓,深为当地原住民和汉人所信服。一时间,叛乱遍及整个南中地区。

面对这种情况,诸葛亮一方面派遣邓芝出使东吴,恢复吴蜀联盟,解除外部威胁;另一方则巩固内部,积蓄力量,为平叛做准备。对于雍闿、孟获,诸葛亮采用的办法是先礼后兵、先抚后讨。在李严给雍闿写信劝他停止叛乱无果后,诸葛亮亲率大军,兵临南中。此时,雍闿已经被叛军杀死,孟获成为益州郡叛军首领。

南中地区地势险要,远离统治中心,诸葛亮担心大军一退,孟获还会再生叛乱。为了收服少数民族人心,尽快巩固蜀汉政权在南中地区的统治,在强大的军事力量作为后盾的前提下,诸葛亮采取"攻心为上,攻城为下"的策略,下令军队在同孟获作战时,只能生擒、不能伤害,就此上演了"七擒孟获"的故事。

双方第一次交战,孟获被活捉。诸葛亮为了使孟获心服,对他不杀不辱,还让军队列阵,请他参观。孟获当场吹胡子瞪眼地表示不服,说之前因为不知蜀汉军队虚实才被打败,如果有机会再战,一定能够取胜。诸葛亮见他不服,就放他回去。孟获回去集合部众后再来战斗,结果又被活捉。这次他还不服气,诸葛亮又放他回去再战。如此前后一共捉放了七次。第七次诸葛亮又要放孟获回去,孟获心悦诚服地说:"您真是代表天威,南中人民不会再造反了!"

平定南中地区的叛乱后,为加强对这一地区的统治,诸葛亮把原来的四郡改为牂柯、越巂、朱提、建宁、永昌、云南、兴古七郡，同时采取措施改善民族关系，推广汉族地区先进生产技术，使当地经济得到了发展。

五出祁山

226年，曹丕病死，儿子曹叡（ruì）即位。诸葛亮获知消息后，认为这是北伐曹魏的好机会。

诸葛亮在"隆中对"时曾有这样的规划：先占领荆州、益州，改善那里同少数民族的关系，与孙权结盟，待天下有变，从荆州、益州两路北伐灭曹，最终实现统一。

当时三国之中，蜀汉地盘最小、人口最少、财力最弱，在三国竞争中处于弱势，再加上又丢了荆州，两路北伐的条件实际上已不复存在。但诸葛亮并没有因此而放弃计划，而是尽量发挥计谋的作用，利用现有条件，主动出击。这样做，即使消灭不了曹魏，起码可以起到以攻为守的目的，保障蜀汉的安全。

228年春，诸葛亮自汉中率军北伐。他对外放出消息说要由斜谷进击郿城（今陕西眉县北），命赵云、邓芝率领一支军队摆出进攻架势，以吸引魏军，自己则率主力向西北祁山方向进攻。蜀军作战勇敢，势如破竹，陇右的天水、南安、安定等郡相继叛魏，响应蜀军。在天水时诸葛亮还收服了一代名将姜维。一时关中大震，形势对蜀军非常有利。

此次北伐，诸葛亮任命马谡（sù）为先锋。马谡自幼熟读兵法，谈起军事理论总滔滔不绝。刘备觉得马谡不踏实，临终前曾对诸葛亮说："马谡这个人言过其实，不可以重用。"但没有引起诸葛亮的注意，反而还把战略要地街亭交给马谡守卫。马谡自认为熟悉军事，高人一筹，既不遵循诸葛亮的部署，又不理会副将王平的建议和劝阻，结果街亭为魏军所破，导致蜀军失去了进攻的据点和有利的形势，诸葛亮不得不退兵汉中。不久，天水、南安、安定三郡又归附曹魏，诸葛亮第一次兵出祁山宣告失败。退回汉中后，诸葛亮忍痛把违反军令的马谡处死，同时加紧训练军队，准备再战。

自228年至234年的七年间，诸葛亮连续五次北伐曹魏。这五次北伐只有第一次和第四次是从祁山出兵，不过后世习惯用"五出祁山"来泛指诸葛亮北伐曹魏。蜀汉地区多山，道路难行，运送粮草非常困难，这也是蜀军不能与魏军长期相持作战的原因之一。为解决运粮问题，诸葛亮设计制造出"木牛""流马"，方便运送粮草。

234年春,诸葛亮率领十万大军,开始了第五次北伐曹魏的战争,曹魏则派出司马懿应战。司马懿针对蜀军粮草运输困难的弱点,一直不与蜀军决战,想把蜀军拖垮。而诸葛亮则用"分兵屯田"的策略准备与魏军长期较量。不料,当年八月,诸葛亮因长期操劳过度、积劳成疾而病倒了。不久,他怀着未能完成统一大业的惋惜之情在五丈原军营与世长辞,终年五十四岁。

诸葛亮"五出祁山"北伐曹魏的战争,就这样随着他的病逝宣告结束了。

诸葛亮五出祁山

读史点评

三国是中国历史上分裂战乱的时期，正所谓"乱世出英雄"，这也是一个人才辈出的时代。为了在乱世中保存和发展自己的势力，曹魏、蜀汉、孙吴三国的君主无不积极笼络人才，人才争夺战之激烈，丝毫不亚于战场上的刀光剑影。

清代史学家赵翼曾分析指出，曹魏、蜀汉、孙吴三国中，曹操作为最擅谋略的"奸雄"，喜欢用权术来驾驭部下，尽管他是个多疑的人，却能做到用人不疑，重用大量敌方投降的谋士、武将。刘备则以自己坚守仁义的人格魅力，吸引文武人才前来投奔，并得到许多百姓的信任和追随，也正是靠待人的真诚，他才能得到诸葛亮这种一流人才的倾心辅佐。孙权在三位君主中虽然年纪最轻，在用人上却十分成熟，有自己的过人之处，不仅靠讲求义气收服了许多豪杰人物，而且敢于担当，从不推卸责任。

思考题

唐代大诗人杜甫的诗句"三顾频烦天下计,两朝开济老臣心"说的是谁?此人在历史上留下了哪些重大的影响?

第四章

三家归晋

1. 吴蜀走向衰落

难以为继的蜀汉

蜀汉在诸葛亮死后,后主刘禅遵照诸葛亮的推荐,先后以蒋琬、费祎(yī)为辅政大臣。

蒋琬执政共计十二年,其间他沿用诸葛亮的政策,对内保国安民,休养生息,对外交好孙吴,巩固吴蜀联盟。对于强敌曹魏,蒋琬则率兵进驻汉中,并多次命姜维率偏师西进,但收效不大。蒋琬在总结蜀汉多次北伐进展不大的教训后,认为从秦岭出兵道路艰险,往来不便,不如沿汉水、沔(miǎn)水东下,于是大造舟船,准备从水路袭击魏国上庸、魏兴等地。但这遭到了朝中大臣反对,大家认为沿水路进军容易,失败后却不易撤回,蒋琬便只好作罢。

费祎继任蒋琬执政七年。费祎执政期间,延续了蒋琬与民休息的政策。当时的卫将军姜维文武双全，又了解陇西地区的风俗民情，总想兴师北伐。但费祎经常不支持，即便勉强同意出兵，拨给姜维的军队也不超过万人。费祎对姜维说："你我的能力远远不及诸葛丞相，他尚且不能收复中原，何况咱们俩！倒不如一心保国治民，敬守社稷。至于北伐曹魏，还是留给更有能力的人去做吧。如果老想着依靠一次侥幸而取得北伐的成功，万一失败，后悔就来不及了。"

诸葛亮曾称赞蒋琬为"社稷之器"、称赞费祎"志虑忠纯"，二人执政期间，基本采取了对外防御、对内团结的策略，力求维持诸葛亮在世时的局面。但也正是因为他们长期维稳，没有出兵北伐，不能给曹魏以军事上的打击，导致蜀汉与曹魏国力的差距进一步增大。

费祎死后，姜维被任命为大将军，完全掌握了军权，得以进行他筹谋已久的北伐事业。诸葛亮在世时对姜维非常器重，认为他心存汉室、虑事周全、深知兵法，姜维也以继承诸葛亮北伐遗志为己任。但姜维执政时期，蜀汉优秀的将领相继死去，以至于无人可用，他只得让年近八十的廖化担任先锋，这就是"蜀中无大将，廖化作先锋"典故的出处。在这种情况下，姜维在256年到

262年六年时间里，率军进行了多次北伐。姜维的北伐虽然胜多败少，但总体成效不大，反而消耗了兵力，加重了蜀汉人民的负担。

刘禅自幼生长在深宫之中，为人懦弱，不懂政事，继位后先后由诸葛亮、蒋琬、费祎、姜维辅佐。诸葛亮去世后，刘禅逐渐长大，却依然不理朝政，整天在后宫吃喝玩乐。他庸碌无能，又宠信宦官黄皓，把内政搞得一塌糊涂，被人称为"扶不起来的阿斗"，蜀汉国力愈发衰退。

陷入内斗的东吴

孙权是东吴统治时间最长的君主，其统治前期时知人善任，在赤壁之战中击败曹操，在荆州之战中击败关羽，在猇亭之战中又击败刘备。但孙权自从229年称帝后，日益刚愎自用，对身边的文臣武将也不再那么信任。尤其是到了晚年，他在继承人问题上犹疑不定，激化了吴国统治集团内部的矛盾。

开始，孙权立长子孙登为太子，不料孙登早死。后来，孙权虽立三子孙和为太子，却更喜欢四子孙霸，封他为鲁王。孙霸人如其名，非常霸道，仗着父亲的宠爱天天想着怎样夺取太子之位。随着孙和、孙霸二人矛盾的加剧，朝中大臣也分成了两派。孙权因为宠爱和偏袒孙霸，经常打击支持孙和的大臣。丞相陆逊因为支持太子孙和，时常受到孙权的责备，最后忧愤成疾，病发而死。孙权见两派斗得太严重，担心出大乱子，只好废掉孙和，赐死孙霸，另立年仅八岁的小儿子孙亮为太子。

252年，孙权病逝，年仅十岁的孙亮即位。孙权遗诏由大将军诸葛恪和侍中孙峻（孙氏宗亲）辅政。诸葛恪是陆逊死后东吴的主要将领，他掌权后目空一切，竟然不自量力地想出师北伐一举灭掉曹魏，结果自然是大败而归，还激起了军民怨恨。后来，孙峻与孙亮合谋借召诸葛恪进宫赴宴之机，将他杀死。孙峻自任丞相、大将军，独揽朝政。此后，东吴统治集团内部矛盾更加尖锐，互相厮杀的事件时有发生。

孙峻死后，他的堂弟孙綝（chēn）将有威望的大臣滕胤、吕据等除掉，自任大将军，把军政大权完全掌握在自己的手中。小皇帝孙亮不满孙綝的专横跋扈，与大臣密谋将他除掉，不料计谋败露，反而被孙綝废为会稽王，后来便不明不白地死掉了，年仅十八岁。

孙綝拥立孙权另一个儿子琅琊王孙休做皇帝，自己继续独揽大权。不愿任人摆布的孙休则与将军张布、丁奉等设计将孙綝杀掉。孙休做了六年皇帝后病死，由孙权的孙子乌程侯孙皓做了皇帝。

这般旷日持久的内部争斗，严重损耗了东吴的国力，孙氏的统治也江河日下。

2. 老谋深算的司马懿

司马懿起家

司马懿字仲达，河内温县（今属河南焦作）人，出身于世族之家。司马懿是个很有谋略的人，后来的司马氏代魏，就是他奠定的基础。

曹操任丞相后，司马懿先后担任丞相府文学掾、丞相主簿。在曹操被封为魏王后，他转任魏太子中庶子，辅佐曹丕，后又转任曹操的军司马。那时关羽率军北伐，围攻樊城、襄阳，水淹七军、斩杀庞德，曹操吓得想把都城从许昌迁往黄河以北，以避关羽兵锋。正是司马懿抓住孙刘联盟看似亲近、实则相互提防这一弱点，建议曹操唆使孙权袭击关羽后方，以解樊城之围。曹操采纳了这一建议，直接导致樊城解围、荆州被孙权攻占，关羽也被孙权杀死。这件事情充分显示了司马懿的军事才能，令他在曹魏集团初露锋芒。

曹丕称帝后，深受信任的司马懿屡获升迁，官至抚军将军、录尚书事，直接参与曹魏大政方针的决定和执行。曹丕曾将司马懿比作汉初的萧何，在南征孙吴时命他留守洛阳或镇守许都，要他对内镇抚百姓，对外为大军提供军资，像萧何一样做好后勤保障工作。曹丕非常信任司马懿，曾对他说："我向东对孙权用兵，京都洛阳的事情你要办好；我在洛阳，东征孙权的战事就交给你了。"

曹丕临终时，令司马懿与曹真等为辅政大臣，辅佐魏明帝曹叡。当时的孙吴趁魏国局势不稳大举进攻，曹叡任命司马懿为骠骑将军兼都督荆、豫二州诸军事，将吴军击退。辅佐曹叡期间，司马懿又凭借镇压孟达、阻击诸葛亮、平定辽东公孙渊等战功而升任太尉，主管曹魏全国的军事。曹叡病死前，遗诏司马懿与大将军曹爽（曹真的儿子）共同辅佐养子曹芳。

就这样，司马懿连续辅佐曹操、曹丕、曹叡、曹芳四代人，成为曹魏举足轻重的人物。

计赚曹爽

曹芳即位时年仅八岁，朝政大事全凭曹爽、司马懿两位辅政大臣决断。

与老谋深算的司马懿相比，身为皇室宗亲的曹爽则显得能力不足。曹芳即位之初，曹爽还表现得比较谦虚，觉得司马懿德高望重，凡事都与他商议。后来曹爽听从亲信丁谧的计谋，奏请皇帝升任司马懿为太傅，名为升迁，实际是削去司马懿的军权。之后曹爽开始妄自尊大，处处排挤司马懿，朝中大事也不再征求司马懿的意见。他还任命自己的亲弟弟曹羲任中领军，掌握中央禁卫军，任命另外两个弟弟曹训、曹彦分别担任武卫将军、散骑常侍，控制住了魏国的军队。

面对曹爽兄弟的步步紧逼，被架空的司马懿非常不满，但认为与他们发生正面对抗的时机还不成熟，只好暂时忍让，以退为进。司马懿以自己年近七十，年老多病为由，称病不朝，退居在家。

之后曹爽权倾朝野，更加肆无忌惮，吃的穿的用的，包括出行的车马都与皇帝相当。由于司马懿辅佐曹家四代人，在曹魏根基深，影响力大，即便是告老还家了，曹爽对他还是不放心。当时，曹爽的心腹李胜要调任荆州刺史，他便让李胜以告别为名，到司马懿家刺探虚实。

对于李胜的来意，司马懿这只老狐狸心里清楚得很。他装出一副大病在身的样子，走路都走不稳，一步三摇晃，双手颤抖得接不住婢女递给他的衣服。在与李胜谈话时，他也显得又聋又傻，神志不清，满口胡话。还当着李胜的面，喝粥时弄得满身都是。

李胜看到这一切，信以为真，于是向曹爽报告说："司马懿形神已经分离，卧床不起，不过是残留着一口气罢了，不值得忧惧。"曹爽听后非常高兴，更加不可一世，彻底放松警惕，对司马懿不再有所防备。

高平陵之变

司马懿明面装疯卖傻，暗中却与儿子司马师等一起联络心腹，偷偷地蓄养了三千多名死士，等待着除掉曹爽的时机。

司马懿装病赚曹爽

249年正月，曹爽同兄弟曹羲、曹训、曹彦带着皇帝曹芳，离开京城，去高平陵祭拜魏明帝曹叡。此前，曹爽也曾经多次与曹羲等离开洛阳外出游玩。大司农桓范认为他们兄弟掌握朝政和禁军，不宜同时离开，一旦有人关闭城门就不能回到洛阳控制大局。曹爽却认为司马懿已是将死之人，其他人更是不足以对他造成威胁，便拒绝了桓范的建议。

此时，趁曹爽兄弟集体拜谒高平陵之机，司马懿突然发动政变，率兵攻入武器库，占据曹羲军营，解除曹爽兄弟掌握的军队，又以郭太后的名义关闭洛阳城门，派兵据守城外的洛水浮桥，阻挡曹爽等人入城。在控制洛阳后，司马懿上书小皇帝曹芳，控诉曹爽的罪恶，指出曹爽等人背弃先帝遗命，败乱国家法制，排斥旧臣，任人唯亲，恣意妄为，自己不得已才以兵谏为国除害。司马懿还假模假样地指着洛水发誓，只要曹爽交出兵权，及时认罪，就可以保留爵位，回归府邸。

千钧一发之际，大司农桓范诈称皇帝召见他，骗开城门直奔曹爽军营。司马懿得知后担心地对心腹蒋济说："曹爽的智囊去了！"蒋济说："桓范确实很有智谋，但曹爽就像劣马贪恋马房的草料一样，因顾恋他的家室而不能作长远打算，肯定不会采纳桓范的计谋。"

桓范到曹爽军营后劝说曹爽兄弟把天子挟持到许昌，然后调集四方兵力勤王。曹爽仍犹豫不决，桓范进一步对曹羲说："你们与天子在一起，挟天子以令天下，谁敢不从。"然而众人都默然不语。桓范又对曹爽说："到许昌去不过两天路程，许昌的武器库足以武装军队。你们忧虑的应当是粮食问题，但大司农的印章在我身上，我可以签发征调军粮。"

然而曹爽兄弟却还是默然不语，始终下不了决心。曹爽认定只要自己交出兵权，司马懿必会保证自己的荣华富贵，他把刀扔在地上说："就算投降，我也还能当个富翁啊！"最终没有采纳桓范的建议。桓范见状，哭着说："你们的父亲曹真英雄一世，却生下你们这群如猪如牛般的兄弟！没想到我今天受你们的连累要被灭族了。"

果然，曹爽等人接受了司马懿的条件，回洛阳请罪。不久后司马懿便违背诺言，找借口将曹爽兄弟和他们的心腹以谋反罪全部处死，并诛灭三族。通过高平陵之变，司马懿一举消灭了曹氏宗室在朝中的势力，从此得以控制曹魏朝政，为日后司马炎代魏立晋奠定下了根基。

3. 司马父子夺天下

司马懿平定王凌

司马懿发动高平陵之变除掉曹爽集团后,曹魏政权实际上已经落入司马懿之手。但仍有不少亲曹的地方将领暗中联络,反对司马懿。

车骑将军、司空王凌首先在扬州发难。当时王凌的外甥令狐愚担任兖州刺史,二人手握重兵。王凌对司马懿独揽大权、架空魏帝曹芳深感不满,便与令狐愚私下商议。他们听说曹操之子、楚王曹彪智勇双全,便想要拥立曹彪为帝,奉迎他到许昌建都。

王凌、令狐愚另立新君的行动一直在秘密进行,司马懿起初并不知道,为拉拢王凌还升任他为太尉。由于曹彪的封国在兖州令狐愚的地盘内,令狐愚便派亲信张式以监察亲王为名赴曹彪家拜访联络。不料令狐愚突然病死。当时他的幕僚杨康正在洛阳司徒府汇报兖州政务,听到令狐愚病死,非常害怕,于是便向司徒高柔揭发了王凌和令狐愚的计划。高柔得知后,立刻向司马懿报告。司马懿假装不知道,只派亲信黄华出任兖州刺史。王凌则对杨康告密之事毫无所知，仍然在暗中积极准备。

251年春，驻守扬州的王凌以教训孙吴为借口，请朝廷下发统兵的"虎符"，以便调动扬州大军发动政变。由于司马懿事先得到了杨康的密告，所以没有同意。王凌无计可施，便派心腹将军杨弘去说服新任兖州刺史黄华共同举事。令王凌意想不到的是杨弘和黄华联名上奏司马懿，检举王凌即将举兵反叛，图谋另立新君。

司马懿接报后，调集数万人马从水路南下，直逼扬州治所寿春。同时下令，只要王凌投降便可免罪。王凌自知难以抵挡，为避免寿春百姓遭受战火，只好投降并服毒自杀。

司马懿到寿春后，彻查参与谋反的人，凡牵连在内的一律诛灭三族。他又派人挖开王凌、令狐愚的坟墓，把尸体拉到人多的地方暴尸三天。楚王曹彪也因牵连其中，在司马懿的逼迫下自杀。司马懿乘机把曹魏王公全部拘捕，关在邺城，不准他们互相往来。

司马懿在镇压王凌反叛过程中杀人过多，挖开王凌、令狐愚的坟墓的做法更是过于狠毒。讨伐王凌回洛阳后，司马懿时常梦到王凌对自己作怪，不久就病死了，时年七十三岁。

司马师擅行废立

司马懿死后,司马师任大将军,执掌魏国军政大权。司马家族的专权,引发了小皇帝曹芳和忠于曹魏皇室大臣的不满。

254年,曹芳秘密命中书令李丰、太常夏侯玄和皇后的父亲光禄大夫张缉等人谋划发动政变,除掉司马师,改立夏侯玄为大将军。但计划泄露,张皇后被废,三人被司马师诛杀,夷灭三族。同年秋天,司马昭奉命出击姜维,曹芳当时正在一个叫平乐观的地方视察军事演习。不甘心大权旁落的曹芳令中书令许允与左右亲信谋划,打算趁司马昭出兵之前来辞行的时候将他杀死。诏书都已经写好了,但曹芳因恐惧而没有实行。

司马师得知后发动政变,逼迫郭太后废黜曹芳,改立十三岁的高贵乡公曹髦为帝。司马师和司马昭兄弟继续掌握大权。

镇东将军毌(guàn)丘俭向来心在魏室,与夏侯玄、李丰是好朋友,日常交往比较多。夏侯玄、李丰遇害后,毌丘俭惶恐不安,也为曹芳被废愤怒不已。当时的扬州刺史文钦对司马师专权也十分不满,于是两人一拍即合,打算起兵反对司马师。为了增加自己的力量，毌丘俭派人联络曾为曹爽心腹、夏侯玄好友的镇南将军诸葛诞，邀其共同起兵。没想到诸葛诞却杀害了使者，并将信件送给洛阳朝廷。毌丘俭不得不提前起兵，率领六万大军渡过淮水，急速行军，深入中原六百里，意图直抵洛阳、速战速决。

面对六万淮南劲旅，司马师决心亲征，倾全国之力镇压淮军叛乱。因为忌惮久经战阵、战斗力强悍的淮南军队，司马师决定以消耗包围的战略，打破毌丘俭速战速决的企图。两军长期相持，淮南军战线过长，补给日益困难，粮草逐渐不支，军心也开始动摇，不少将领开始投降。毌丘俭、文钦见此情形，进退不得，无计可施，很快就被打败，毌丘俭兵败被杀，文钦逃往东吴。

镇压了毌丘俭、文钦兵变后不久，司马师就病死了。

司马昭弑魏帝

司马师死后，他的弟弟司马昭接替哥哥做了大将军、录尚书事，继续掌握曹魏军政大权。司马昭执政期间，先是除掉了征东大将军诸葛诞，然后又学着曹操当年，做了曹魏的丞相、自己晋封晋公，把军政大权完全掌握在手中。

不到二十岁的魏帝曹髦自小聪明好学，极有文采，有祖父曹丕的风范。他眼见国家政事不能做主，如同傀儡般被司马昭玩弄于股掌之间，心中十分愤恨，同时又害怕迟早被废，想做最后的挣扎。

260年，曹髦命冗从仆射李昭、黄门从官焦伯等在陵云台部署甲士，并召见侍中王沈、尚书王经、散骑常侍王业，对他们说："司马昭的野心，连路上的行人都知道了。我不能坐等被废黜的耻辱，今日将亲自与你们一起出去讨伐他。"王经说："如今朝政大权掌握在司马昭手里已经很久了，朝廷官员都为他效力，您的力量十分弱小，这样做太危险了。"曹髦愤恨地从怀中拿出黄绢诏书扔在地上说："我的主意已定，纵使死了又有什么可怕的，何况不一定会死呢！"说完就进内宫禀告郭太后，率领左右侍从出宫攻打司马昭。而王沈、王业则马上跑出去向司马昭报告。

曹髦手持长剑站在马车上，率领卫兵和奴仆们呼喊着出了宫。刚出宫就遇到了司马昭的弟弟司马伷的部众，在曹髦手下众人的呵斥之下，司马伷的士兵都吓得逃走了。这时司马昭的心腹贾充率军杀过来，曹髦领兵迎战，亲自挥剑拼杀。众军士有所顾忌，眼看就要被击败，贾充在情急之下喊道："司马公养你们这些人，正是为了今日！还在等什么？"一个名叫成济的小官便抽出长戈，冲上前刺死了曹髦，后来他当然也成了司马昭弑君的替罪羊。曹髦死了，他那句"司马昭之心，路人皆知"却流传了下来，后世常常用来说明阴谋家的野心非常明显，已为人所共知。

曹髦死后，司马昭又立十四岁的陈留王曹奂为帝。264年，司马昭称"晋王"，并立儿子司马炎为王太子，离当皇帝只有一步之遥。不过，他还没来得及称帝就在第二年病死了。

4. 三国的终结

乐不思蜀的阿斗

263年，司马昭决定发兵吞并已经衰落的蜀汉。他派遣钟会、邓艾、诸葛绪率三路大军，分别从东、西、中三个方向进军蜀汉。

蜀汉大将姜维、廖化率军迎敌，先是击败了诸葛绪，然后直奔东路钟会的魏军主力。钟会大军占领汉中后，到剑门关外被蜀军拦住，双方在剑阁僵持不下。寸步难进的钟会已有退兵的打算，这时邓艾想出了一条奇谋，亲率精锐部队绕道七百余里，奇袭蜀汉腹地，兵临蜀都成都城下。懦弱的后主刘禅竟直接开城投降，蜀汉就此灭亡。刘禅投降后，蜀汉君臣被迁往洛阳，刘禅本人被封为安乐县公。

有一天，掌握曹魏大权的司马昭请刘禅和一帮蜀汉旧臣们吃饭。酒宴上，不怀好意的司马昭故意叫一班歌女表演一段蜀地歌舞。蜀汉旧臣们想起亡国之痛，都非常难过，纷纷落泪，只有刘禅一人有说有笑，情绪高涨。

司马昭对其心腹贾充说："刘禅这个人没心肝到了这个地步，就算是诸葛亮在世，也无法保全蜀汉，何况是姜维呢？"贾充回答道："若不是这样，您岂能轻易吞并蜀地？"

司马昭又回过头来问刘禅："你还想念蜀地吗？"

刘禅笑嘻嘻地说出一句千古名言："此间乐，不思蜀。"

蜀汉旧臣郤（xi）正听到他这么说，觉得太丢人了，宴席之后就对刘禅说："您不该这样回答。如果再有人问起您,应该流着眼泪说,先人坟墓远在蜀地,我心里非常难过,没有一天不想念的。"

后来司马昭果然又问刘禅同样的问题。刘禅仰着脸,装出难过的样子,照郤正说的从头到尾复述了一遍。司马昭听完问刘禅:"咦?这怎么好像是郤正说的呀!"

刘禅惊讶地回答:"你怎么知道的呀?就是郤正教我这么说的。"此言一出,惹得司马昭和曹魏大臣们哄堂大笑。

司马昭见刘禅如此愚蠢,从此不再对他怀疑。也正因为这样,刘禅在洛阳安享晚年,得以善终,享年六十五岁。

刘禅被称为"扶不起的阿斗",贡献了"乐不思蜀"这个充满贬义的成语,后世常常用这个词来形容在新环境中得到乐趣,不再想回到原来环境中去的人。

残暴无道的孙皓

东吴的末代皇帝孙皓是有名的暴君。

孙皓喜欢喝酒,他与大臣们一起吃饭时,要求不论酒量大小,每人至少喝七升,喝不下去就硬灌。侍中韦昭酒量不过两升,孙皓最初对他还算礼遇,允许他以茶代酒。后来就故意刁难，要求他必须喝酒，喝得少要受罚。孙皓还让大臣们饮宴期间互相揭短，大臣们越尴尬，孙皓就越高兴。韦昭不愿意揭人家的短处，每次只提一些学问上的问题。孙皓嫌他违抗命令，就将韦昭抓进监狱，最后竟然杀掉了。常侍王蕃在一次宴席中喝多了趴在桌子上，孙皓认为他装醉，当场把他杀死。有些大臣就因为说了些让孙皓不高兴的话、做了些让孙皓不高兴的事，孙皓就用剥面皮、挖眼睛等残酷的手段将他们杀死，弄得东吴上下离心离德、人人害怕。

孙皓的爱妾让人到市场上抢夺老百姓的财物，负责管理市场的官员陈声将这些人绳之以法。孙皓听说后大怒，借口其他事情，用烧红的锯子残忍地锯掉了陈声的头。

孙皓还有一大爱好，那就是迁都。有人说荆州有帝王之气，孙皓便将都城从建业迁到武昌，以镇住那里的王气。他命令扬州老百姓逆江而上，向武昌输送大量贡物，导致老百姓负担非常重。刚过两年，他又把都城迁回了建业，在那里大兴土木，建造规模巨大的昭明宫。由于建筑材料不够，孙皓命令郡守以下的官员都到山林里监督老百姓砍伐木料。他还穷奢极欲，大造皇家公园，修建土山楼观，费用以亿万计算。

孙皓还自命不凡，不自量力，整天想着北伐，连续对北方的晋国用兵，结果每次都是损兵折将、大败而归。

这样的残暴统治，造成国库里储备不足一年，百姓家中积蓄不足一月，老百姓忍受不了他的奴役搜刮，纷纷起来反抗。孙皓的穷兵黩武和用兵屡屡失败也引起不少将领的不满，前将军、夏口督孙秀，京下督孙楷接连投奔晋国，东吴的统治摇摇欲坠。

沿江而下灭东吴

265年，司马昭之子司马炎逼魏帝曹奂禅位，自己做了皇帝，建立晋朝，史称"西晋"。曹魏就此灭亡。

司马炎称帝后，一面整顿内部，巩固统治，一面命益州刺史王濬（jùn）修造战船，训练水军，准备南伐东吴。王濬命人制造连舫大船，每艘可装载两千多人，舰船规模之大、数量之多，都是自古未有过的。王濬在蜀地造船，削下的碎木片沿着长江顺流漂下。东吴的官员把木片拿给孙皓看，劝他提早增兵布防以防备晋军南下，但孙皓充耳不闻。

在晋朝这边，朝中许多大臣都对伐吴表示反对，只有王濬上书说:"孙皓荒淫凶暴,百姓没有不怨恨他的。眼下应尽快伐吴,否则日后形势变化不可预测。臣已经七十岁,造船也已七年,船身正日渐腐朽损坏,再拖下去伐吴会更加困难,希望陛下不要失去良机。"

武帝司马炎认同王濬的意见,终于下定决心灭吴。他发兵二十多万,在东西长达千里的边境线上,分六路同时出击。王濬的水军沿江顺流而下,遇到了吴军设置的拦江铁锁,还有江中暗置的铁锥。于是王濬做了几十只大木筏,铁锥刺到筏上,都被拔起带走。他又在船前放置巨大的火炬,遇到铁锁就点火烧断,于是战船得以通行无阻。晋军一路南下,所向披靡,吴军难以抵挡,望风而降。王濬率领八万晋军,很快兵临东吴都城建业城下。孙皓见山穷水尽,无力抵抗,只得投降,并写信给正在抵抗的将领,要他们归附晋朝。正像唐朝诗人刘禹锡在《西塞山怀古》一诗中所写的那样:"王濬楼船下益州,金陵王气黯然收。千寻铁锁沉江底,一片降幡出石头。"

孙皓投降后被迁往洛阳,司马炎封他为归命侯。在朝见司马炎时,司马炎对孙皓说:"我设这个座位等你来已经很久了。"孙皓不服气地回答道:"我在南方也设了一个这样的座位等着你呢。"令司马炎想不到的是，后来晋朝的基业的确是在东吴故都建业得到重建。

司马炎灭掉东吴，标志着九十年分裂、动乱的局面正式结束，三国归于统一。

读史点评

司马氏结束了三国分立的混乱局面，建立起中国历史上又一个大一统王朝——西晋。

司马氏本来是曹魏的臣子，一步步变成曹魏政权的实际掌权者，后来更是将皇权篡夺到自己手中。司马懿善于伪装、冷酷无情，发动高平陵之变，从此掌握曹魏朝政大权。他的儿子司马师、司马昭则更进一步，不但大权独揽，而且擅行废立，玩弄曹魏皇帝于股掌之上。一句"司马昭之心，路人皆知"，使司马昭成为历史上野心家的代表。司马炎在祖、父两代人势力积蓄的基础上，干脆逼迫魏帝禅位，取而代之建立了西晋王朝。

后人评说司马氏，或说他们是老谋深算的阴谋家、酷虐诡诈的野心家，或说他们是那个时代杰出的政治家、军事家。或许两种评说并不矛盾，不过撇开动机看后果，自东汉末年以来近百年的纷争动荡至此总算告一段落。

思考题

汉末是中国历史上的一段大动荡、大分裂时期的开端，三国时曹魏、蜀汉、孙吴相互攻伐，但三国并立的局势也为后来晋的短暂统一创造了条件。想一想，是三方的哪些举措造成了这样的局面？

第五章

三国时期的文化

1. 建安风骨

文学家三曹

一个月明星稀之夜,长江的战船之上,曹操横槊,当众赋诗,慷慨而歌。这是《三国演义》中所描述的,赤壁之战期间曹操在军中宴席上赋诗的场景。

这个场景或许是小说家的虚构,但曹操的确写下了名传千古的《短歌行》。"青青子衿,悠悠我心。但为君故,沉吟至今",写出了曹操求贤若渴之情;"山不厌高,海不厌深。周公吐哺,天下归心",彰显出他以西周初年的周公为榜样,想要礼贤下士、建立不朽功业的雄心。

曹操不但是一时枭雄,也是那时的文坛领袖,被鲁迅誉为"改造文章的祖师"。曹操的诗歌大多数都像《短歌行》一样语言简练,不尚浮华,内容充实,感情浓烈,有很强的感染力。这种风格引领了汉末建安(汉献帝年号)时期的一股文学潮流,开一时风气之先,被称为"建安风骨"。受曹操影响,他的两个儿子曹丕、曹植也都文采斐然,后来人们把他们父子三人合称"三曹"。

"秋风萧瑟天气凉,草木摇落露为霜。群燕辞归鹄南翔,念君客游思断肠。慊慊思归恋故乡,君何淹留寄他方?"很难令人相信这么温婉动人的诗句,竟出自废汉自立的魏文帝曹丕之手。这首名为《燕歌行》的诗,细腻地描写了一个少妇在漫漫长夜中思念夫君的无限情意,是中国现存最早的文人七言诗。从这首诗中不难看出,与其父曹操不尚浮华的诗风不同,曹丕的诗情思婉转、缠绵动人。

除了像《燕歌行》这样的诗歌作品,曹丕还著有中国历史上第一部文艺理论批评专著《典论》,提出文章是"经国之大业,不朽之盛事",高度肯定了文学的价值和意义。

现在我们常用"才高八斗"形容一个人的才华,而这个词最初是用来形容曹植的。曹植因为才华出众而格外受曹操喜欢,曾与哥哥曹丕争夺继承人之位,遭受曹丕的嫉恨。曹丕当上皇帝后,处处限制和打击曹植,曹植的命运急转直下。相传,曹丕曾命曹植在走七步的短促时间里作一首诗，否则就要杀死他。结果曹植出口成章："萁在釜下燃，豆在釜中泣。本自同根生，相煎何太急？"作成著名的《七步诗》，用同根而生的萁和豆，比喻同胞骨肉的哥哥残害弟弟，成为流传千古的名句。

除了诗歌，曹植的散文、辞赋也有相当的成就，其中最著名的是《洛神赋》。这篇文章虚构了他在洛水遇到神女的故事，渲染了男女主人公之间情感缱绻，却因人神殊途而无法交接的惆怅哀怨。文中对女神容貌、情态的刻画非常细致生动，格调高雅，感情真挚，在曹植之前的文学作品中是没有过的。曹植是建安作家中作品传世最多、对后世影响最大的一位，是建安文学的代表人物之一和集大成者。

建安七子

在汉末名士王粲的葬礼上，有个人提议："王粲兄平日最爱听驴叫，让我们一起学驴叫来为他送行吧！"于是葬礼上一群人都开始学驴叫，用这种怪诞的方式表示悼念。这个带头提议的人，竟然是当时魏王曹操的世子曹丕，而这群学驴叫的士人个个才华横溢，他们就是"建安七子"。

"建安七子"这个说法是曹丕提出来的，包括孔融、王粲、陈琳、徐幹（gàn）、阮瑀（yǔ）、应玚（yáng）、刘桢等七人。七子的诗大多与曹氏父子的文风有共通之处，其中有六人都依附于曹操父子，只有孔融因与曹操政见不合后来被杀。

提到孔融，最有名的就是他小时候让梨的故事，这展示了他早慧的一面。作为孔子的二十世孙，孔融十岁时跟随父亲到都城洛阳，拜访当时的大名士李膺，对看门的说是李膺的亲戚。李膺见面后发现并不认识这个小孩，非常疑惑，孔融则机智地说："我的祖先孔子曾经拜您的祖先老子为师，我和您应该是世交哇！"李膺和宾客们无不夸赞孔融聪明过人，有个叫陈韪（wěi）的人却说："小时了了，大未必佳。"意思是说小时候聪明伶俐，长大了未必出众。孔融则立马回应道："那您小时候想必是很聪明的了。"一句话让对方羞得面红耳赤。

孔融不仅小时候聪慧过人，长大后也博学多才，成为当时的名士大儒。他的诗歌多反映汉末动乱的现实，其文章常常引古论今，宣扬仁政，比喻精妙，气势充沛。曹丕十分欣赏孔融的诗文，在他死后曾悬赏征集他的文章。

"建安七子"中王粲的文学成就排第一，被称为"七子之冠冕"。他的笔下常常流露出对时代和个人的哀思，《登楼赋》和《七哀诗》是他的代表作。《登楼赋》主要抒写自己生逢乱世，长期客居他乡，因才能得不到施展而产生思乡之情："虽信美而非吾土兮，曾何足以少留。"不仅抒发怀才不遇的忧愁，也表达了对动乱时局的忧虑，倾吐了自己施展抱负、建功立业的志向。《七哀诗》则描写了东汉末年长年战乱导致田地荒芜、满目疮痍的悲惨景象："出门无所见，白骨蔽平原。路有饥妇人，抱子弃草间。"王粲把在乱世的经历见闻，融入作品之中，为后人留下最真实的记录。

七子中的其余几位也都是才子，其中阮瑀和陈琳齐名，擅长撰写章表檄文，语言精练，笔力强劲。应玚善于作赋，徐幹文笔细腻、刘桢诗风质朴，只可惜传世作品不多。"建安七子"和"三曹"一起，代表了汉末建安时期文学的风格和成就。

2. 名士风度

"玉山将倾"的嵇康

一千七百多年前，魏国都城洛阳的刑场之上，一名死囚神色从容地取来自己心爱的琴，高奏一曲《广陵散》。此人在琴声中慨然长叹："《广陵散》从此绝矣！"说完慨然赴死，现场为其请愿的三千太学生无不动容。这个人就是大名鼎鼎的名士嵇康，"竹林七贤"的精神领袖。

嵇康除了擅长弹奏，是位了不起的音乐家之外，诗歌、散文写得也很好。他的诗，以表现其追求自然独立、厌弃功名富贵的人生观为主要内容。

嵇康身材高大，仪表堂堂，当时人们形容他的风姿如同松林间吹过的风，从容高远、清爽俊逸。同为"竹林七贤"的山涛形容嵇康醒着的时候像挺拔的孤松傲然独立，酒醉时则像高大的玉山将倒未倒。一言以蔽之，在众人眼中，嵇康举手投足间都透露着潇洒与飘逸。"龙章凤姿"和"土木形骸"这两个成语，最初就是专门用来描述嵇康的，称赞他风采出众、不加修饰。文采飞扬的嵇康，甚至吸引了曹操的曾孙女长乐亭主主动下嫁。嵇康因此成为曹魏政权的皇亲国戚。

当时魏国朝政大权已经落入司马氏之手，嵇康非常厌恶司马氏的狡诈阴狠，采取不合作态度，拒绝做官，隐居于山阳县（今河南焦作修武）竹林之中。因为嵇康名气很大，当时的名士阮籍、山涛、向秀、刘伶、王戎、阮咸等人经常与嵇康一起聚会，放歌纵酒，谈玄论道，时人称之为"竹林名士"。

不当官，就没有收入来源。嵇康喜欢打铁，于是在自家后面的园子里开了一间打铁铺，靠打铁补贴家用。嵇康的打铁铺还吸引了向秀前来加盟，向秀烧火鼓风，嵇康抡锤打铁，二人配合默契，忙得不亦乐乎。嵇康还引来山泉水，在打铁铺旁边挖了一个游泳池，打铁累了，就跳到池子里泡会儿澡。

名士打铁虽然显得与众不同，但也为嵇康招来了杀身之祸。时任司隶校尉的钟会是司马氏的红人，有一次他去拜访嵇康，嵇康正在专注地打铁，一副旁若无人的样子。钟会没人理会，觉得受到侮辱，只得愤愤离开。就在钟会要走的时候，嵇康却开口说话了。他问钟会："何所闻而来，何所见而去？"钟会回答说："闻所闻而来，见所见而去。"受到冷遇的钟会对嵇康怀恨在心,后来就是他构陷嵇康,导致嵇康无辜被杀。

同为"竹林名士"的山涛在升迁后,推荐嵇康继任自己的职位,嵇康便写了一篇《与山巨源绝交书》,列出自己"七不堪""二不可",坚决拒绝做司马氏的官。但嵇康被杀前却将自己的儿子嵇绍托付给了山涛,而山涛也没有辜负嵇康的重托,一直把嵇绍养大成才。作为"竹林名士"中年龄最大的山涛,尽到了朋友应尽的道义与责任,使得嵇绍在失去父亲后还拥有慈父般的关怀与教导,这就是成语"嵇绍不孤"的由来。

阮籍穷途之哭

阮籍是"建安七子"之一阮瑀的儿子,父子二人都是闻名天下的名士。嵇康虽是"竹林七贤"的精神领袖,但论名士风范,阮籍却排在第一名。

人们常说,眼睛是心灵的窗户,而阮籍却把眼睛当成显示自己好恶的道具——对于喜欢的人就平视对方,对于不喜欢的人就冲对方不屑一顾地翻白眼。阮籍的母亲去世时,嵇康的哥哥嵇喜前来致哀。因为嵇喜是司马

个性鲜明的"竹林七贤"

氏的臣子，阮籍不喜欢他，见嵇喜前来，就给了他一个大白眼，弄得对方灰头土脸。嵇康听说哥哥受到冷遇后，带着酒、夹着琴来看阮籍，阮籍非常高兴，马上由白眼转为青眼。这就是成语"青眼有加"的来历。

因为阮籍名气实在太大，掌握曹魏朝政大权的司马昭也想跟他套近乎，打算与他结为儿女亲家。阮籍在政治上倾向曹魏，不喜欢篡权的司马氏。为了躲避这门亲事，阮籍便拼命喝酒，每天喝得酩酊大醉、烂醉如泥，一连六十天醉得不省人事，使得奉命前来提亲的人根本就没机会向他开口。司马昭得知后，无可奈何地说："唉，算了，这个醉鬼由他去吧！"

阮籍看不上掌权的司马氏，一身才能得不到施展，非常苦闷，只好借酒浇愁。有时一连几个月足不出户，在家读书；有时又出外游山玩水，很多天都不回家。他登临广武山凭吊楚汉古战场时，发出了"时无英雄，使竖子成名"的无奈感慨。

阮籍经常一个人驾车出门，载上一坛好酒，边走边喝，没有目的地，任其车马肆意狂奔，奔到无路可走，然后挥袖扬首，对着天地旷野，扯开喉咙，放声恸哭，直哭得山摇地动，哭累了然后回家。阮籍借这种方式宣泄心中极度的不满,后世也常常以"阮途"或"穷途哭"形容走投无路或处境困窘。唐代大诗人杜甫就有"齿落未是无心人,舌存耻作穷途哭"的诗句。

在阮籍看来,现实如一张大网,使人无处可逃,令人倍感孤独。他的《咏怀诗》第一首就表现了这样的情感:"夜中不能寐,起坐弹鸣琴。薄帷鉴明月,清风吹我襟。孤鸿号外野,翔鸟鸣北林。徘徊将何见?忧思独伤心。"这种从生命本质意义上提出的孤独感,在过去的诗歌中是没有过的。

3. 医道与科学

张仲景和华佗

东汉末年瘟疫流行,成千上万的人死于伤寒,造成了十室九空的空前劫难。亲身经历了瘟疫灾难的张仲景,发誓一定要治服伤寒症这个瘟神。经过数十年含辛茹苦的努力,在系统地总结汉代以前对伤寒等疾病在诊断、治疗方面的丰富经验的基础上,张仲景写成了《伤寒杂病论》这部不朽之作。

《伤寒杂病论》的贡献首先体现在它发展并确立了中医辨证论治的基本法则。张仲景把疾病发生、发展过程中所出现的各种症状，根据患者体质、症状，结合病势的进退缓急和有无其他旧的病症等情况，进行综合分析，寻找发病的规律，以便确定不同情况下的治疗原则。

《伤寒杂病论》另一个突出贡献是开出了一系列卓有成效的方剂，对各种剂型的制法记载得很清楚，对汤剂的煎法、服法也有很详细的说明。因此，后世称《伤寒杂病论》为"方书之祖"，称该书所列方剂为"经方"。

因为高尚的医德和高深的医术，张仲景被后世尊称为"医圣"。而与他同时代还有另一位"神医"，那就是华佗。

"神医"华佗的神奇之处，在于他发明了一种叫"麻沸散"的麻醉剂，开创了世界上最早使用麻醉药物的先例。

在中国古代，医生治病一般的手段为针灸和汤药，但如果疾病发于体内，而针灸、服药都不管用时，就需要进行手术，割除疾疹部分，这样病人就会非常痛苦。为了减轻病人在做手术时的痛苦，华佗走访了许多医生，收集了一些有麻醉作用的药物，经过多次不同配方的炮制，终于试制成功了一种麻醉药。动手术前，华佗会让病人用热酒和着麻醉药一起喝下，一会儿病人就如同喝醉了一样，毫无知觉。如果病在肠胃，就将肠胃截断，除去病变部分，经过洗涤后用桑皮线缝合，然后在伤口上敷上药膏，四五天后伤口即可愈合，一个月左右病人就可以康复。这种麻醉药就是大名鼎鼎的"麻沸散"。

因为首创用麻醉药物进行外科手术，华佗被后世誉为"外科圣手""外科鼻祖"，后人也多用"华佗再世"赞誉有高超医术的医师。

圆周率的测算

一提到圆周率，首先闯入人们脑海的名字无疑是祖冲之。实际上，我国古代精确计算圆周率的数学家，应当首推三国时期的刘徽，他研究这个问题比祖冲之还要早两百多年。

在我国古代，最早求得的圆周率是3，这个很不精确的数值一直沿用至西汉，东汉的张衡将计算结果进一步精确至3.1622，但仍然不够准确。

到了三国时期，魏国数学家刘徽在前人基础上，创造性地提出"割圆术"，为计算圆周率建立了严密的理论和完善的算法。所谓割圆术，就是用圆内接正多边形的面积去无限逼近圆面积，以求取圆周率的方法。刘徽对自己创造的"割圆术"非常自信，并说割得越细，正多边形的边的数量越多，误差越小，一直割到不能割为止，就会得到一个没有误差的正圆。

刘徽采用割圆术，从直径为两尺的圆内接正六边形开始割圆，依次将边数加倍，分别计算出十二边形、二十四边形、四十八边形、九十六边形，用逐渐增加边数的正多边形来计算圆近似面积。割得越细，正多边形面积和圆面积之差越小。按照这样的思路，刘徽把圆内接正多边形一直割到了正3072边形，并由此求得了圆周率为3.1416。这个结果是当时世界上圆周率计算的最精确的数据，被后世称为"徽率"。"徽率"被推广应用到圆形计算的各个方面，使汉代以来的数学大大向前推进了一步。

读史点评

文学在三国时期得到了很大发展。以"三曹"和"建安七子"为代表的建安文人,在一定程度上摆脱了东汉经学加在人们思想上的束缚,继承了汉代乐府民歌的现实主义精神,在作品中比较真实地反映了动乱时期的社会面貌和作者的思想感情,开创了雄健深沉、慷慨悲凉的"建安风骨"。"风骨"一词,也自此成为中国文学批评史上的一个重要概念。

三国时期还涌现出了数位杰出的科学家、发明家、医学家。张仲景的《伤寒杂病论》奠定了中医辨证论治的基础,华佗发明的"麻沸散"开创了世界上最早使用麻醉药物的先例,刘徽把圆周率从3.1622精确到3.1416。他们在中国科技发展史上占有重要的地位。

思考题

想一想，同样身处战乱不断的中原地区，为什么"三曹"和"建安七子"的诗文表现出一种刚健进取的风骨，而以阮籍、嵇康为代表的"竹林七贤"则表现出清高放旷的名士风度？

大事年表

184年　　黄巾起义爆发。

189年　　外戚、宦官势力相继覆灭。董卓进京立献帝，控制朝政。

190年　　关东诸军讨伐董卓，董卓挟持献帝迁都长安。

192年　　吕布杀董卓。曹操任兖州牧，收降青州黄巾军。

194年　　刘备任徐州牧。

195年　　孙策开始占据江东。

196年　　曹操将献帝迎到许都，"挟天子以令诸侯"。

200年　　官渡之战，曹操大败袁绍。

207年　　刘备"三顾茅庐"，诸葛亮提出"隆中对"。

208年　　赤壁之战，孙权、刘备联军大败曹操。

214年　　刘备占据益州。

215年　　刘备、孙权平分荆州。

219年　　刘备称汉中王。孙权占据荆州。

220年　　曹操病死，曹丕建立魏，东汉灭亡。

221年　　刘备称帝，建立蜀汉。孙权向魏称臣，被封为吴王。

222年	吴蜀猇亭之战，刘备惨败。
223年	刘禅继位，诸葛亮辅政。派邓芝出使东吴。
225年	诸葛亮"七擒孟获"，统一南中。
228年	诸葛亮发动两次北伐。
229年	孙权称帝，迁都建业。
234年	诸葛亮第五次北伐，病死五丈原。
249年	司马懿杀曹爽，独掌朝政大权。
255年	司马昭控制朝政。
263年	魏国伐蜀，刘禅投降，蜀汉亡。
265年	司马炎称帝，建立晋朝，魏亡。
280年	晋军南下灭吴，统一天下。